Quedando bien

Anilú Bernardo

Traducción al español de
Rosario Sanmiguel

PIÑATA BOOKS
HOUSTON, TEXAS

Este libro ha sido subvencionado en parte por una beca del Fondo Nacional para las Artes, que cree que una gran nación merece gran arte; por becas de la Ciudad de Houston a través del Cultural Arts Council of Houston/Harris County y por el Exemplar Program, un programa de Americans for the Arts en colaboración con el LarsonAllen Public Services Group, creado por la Fundación Ford.

¡Piñata Books está lleno de sorpresas!

Piñata Books
A Division of Arte Público Press
University of Houston
452 Cullen Performance Hall
Houston, Texas 77204-2004

Diseño de la portada de Giovanni Mora

Bernardo, Anilú
[Fitting in. Spanish]
Quedando bien / by Anilú Bernardo; traducción al español de Rosario Sanmiguel.
p. cm.
ISBN-10: 1-55885-474-6 (trade paper : alk. paper)
ISBN-13: 978-1-55885-474-1
1. Cubans—United States—Juvenile fiction.
2. Emigration and immigration—Juvenile fiction.
3. Children's stories, American—Translations into Spanish.
I. Sanmiguel, Rosario. II. Title.
PZ73.B3967 2006
2006043242

♾ El papel utilizado en esta publicación cumple con los requisitos del American National Standard for Permanence of Paper for Printed Library Materials Z39.48-1984.

6 7 8 9 0 1 2 3 4 5 10 9 8 7 6 5 4 3 2 1

Para Lolita, mi abuela materna, quien me inspiró a escribir al recordar su lucha por aprender otro idioma en la segunda mitad de su vida.

Para Jim, Stephanie y Amanda, quienes con amor y apoyo me alientan a seguir.

Contenido

Quedando
bien

Mi abuelita nunca fue joven

"Pollito, *chicken;* Gallina, *hen;*..."

—¡Abuelita! ¿Por qué siempre tienes que contestar el teléfono en español? —Sari le gritó en la lengua que se hablaba en casa cuando colgó el auricular—. Tú sabes que siempre es para mí y que la mayoría de mis amigos hablan inglés.

—¡Pero respondí en inglés, mi vida! ¡Dije "aloó"! —la mujer de cabello gris explicó en español, su lengua materna, la única que hablaba.

—¡Abuelita! La palabra es *hello*, no aloó. —Sari movió la cabeza enojada, balanceando su colita de cabello, que oscilaba con el movimiento.

—Mi vida, si quisiera contestar el teléfono en español hubiera dicho "oigo". En inglés digo "aloó". Además tus amigos entienden y saben que soy yo.

—Ya has pasado mucho tiempo en este país, ya deberías hablar inglés. —Las cejas oscuras de Sari se unieron cuando entrecerró sus bellos ojos café.

—¡Pero sí estudié inglés! Mira, todavía recuerdo lo que la señora Rogers me enseñó en la escuela: —Pollito, *chicken*; gallina, *hen*; lápiz, *pencil*; pluma, *pen* . . .

—Ya sé, ya sé, —interrumpió Sari.

Había oído a Abuelita repetir esa rima que aprendió en la escuela por lo menos un millón de veces ya. El problema era que ésas eran las únicas palabras que su abuelita podía recordar en inglés. Ésas y otras palabras para sobrevivir como *water*, *help*, *look*, *boy*, y la que a Sari más le irritaba oír porque cuando la pronunciaba su abuelita se oía como si estuviera haciendo gárgaras: *girl*.

—Déjame a mi contestar el teléfono cuando suene. De cualquier manera es para mí.

—No siempre . . . —Abuelita levantó la vista del fregadero espumoso y guiñó uno de sus verdes y brillantes ojos. Las líneas de su cara se marcaban más cuando sonreía. —En ocasiones es la señora Perry, que me busca.

—¡Claro! ¿Y quién crees que tiene que venir al teléfono y traducirte? —Sari le preguntó sarcásticamente—. ¡Si no fuera por mí no sabrías si quiere que le hagas otro vestido o si quiere llevarte a bailar!

—Sí, la señora Perry . . . —la abuelita continuó ignorando las palabras de Sari—. Qué señora tan amable. Y qué nombre tan bonito tiene. Suena como *puppy*, Perry, perrito.

—¡Abuelita, en inglés no suena como perrito!

—¡Ah! Hablando de eso . . . va a venir a las cuatro para probarse el vestido.

—¿Quién va a venir aquí a las cuatro?

—La señora Perry, claro. Así es que necesito que me digas lo que dice.

—Pero, Abuelita, acabo de decirle a Julie que iría a su casa. ¡No me puedes hacer esto!

—Mi vida, es sólo un rato. No sé qué haría sin tu ayuda. Haces tan bien el trabajo. Te puedo ver en unos años más: mi nieta, la traductora más confiable de las Naciones Unidas. Y yo hice posible su primera experiencia como traductora —musitó orgullosamente, lavando los platos del desayuno y de la comida.

—¿Y qué le digo a Julie?

—Llámala y dile que vas a ir en cuanto termines. Yuli es una buena amiga y te esperará.

Sari entendió la situación. Su abuelita, con el detergente hasta los codos, estaba haciendo una vez más los quehaceres de Sari antes de que Mamá llegara del trabajo. Abuelita muy rara vez se quejaba de esto. Aún después de la cena, con los platos apilados en el fregadero, ella hacía los quehaceres de Sari, a pesar de las objeciones de Mamá. Para calmarla, Abuelita le decía a Mamá que Sari necesitaba tiempo para hacer la tarea, o ver en la televisión el último programa de moda.

¿Cómo podría Sari dejar a su abuelita valerse por sí misma con la señora Perry? Ya era suficientemente difícil verlas comunicarse a señas, o con palabras sueltas salpicadas aquí y allá de la otra lengua. Nada se podría hacer sin la ayuda de Sari.

Lápiz, *pencil;* Pluma, *pen;* . . .

La señora Perry se probó el vestido hilvanado en un cuarto, mientras Sari y Abuelita esperaban en la sala.

Abuelita se especializaba en vestidos de noche. Dedicaba su talento a prendas elegantes. Ella no confeccionaría unos pijamas o ropa para jugar; sería un insulto a su habilidad, y, además, ese tipo de trabajo no era bien pagado. Las costuras de Abuelita eran delicadas y finas, a pesar de que ahora necesitaba usar espejuelos como uno de sus instrumentos básicos de trabajo.

Sus pocos clientes, muy leales, necesitaban vestidos de fiesta sólo de vez en cuando. No tenía noticias de ellos por períodos largos, pero la señora Perry era la excepción. El trabajo de su esposo demandaba que invitaran a los clientes a salir en la noche. Tenían una vida social intensa, así que la señora Perry contrataba a Abuelita para que le confeccionara un vestido nuevo al mes. Eso le venía muy bien a Abuelita. A ella le gustaba hacer un proyecto a la vez, y su ganancia era un poco de dinero para la cartera.

—Dile que el azul hace maravillas con su color de piel —dijo Abuelita en español cuando la señora Perry entró a la soleada sala.

El vestido azul rey tenía un amplio escote en la espalda, y la falda recta le llegaba hasta la mitad de la pantorrilla. La abertura al costado permitía echarle una miradita a la pierna derecha cuando caminaba. Aunque el vestido sin terminar traía los hilos colgando y los alfileres prendidos, la señora Perry se veía glamorosa. Sari abrió la boca sorprendida.

Siempre había admirado a la señora Perry. Con su pelo rubio cenizo y su maquillaje a la moda, se veía siempre lista para posar para la portada de una revista de modas. Algunas veces Sari trataba de copiar el estilo de su peinado en la privacidad de su cuarto, pero nunca podía lograr el brillo y la gracia de la señora Perry.

—Abuelita dice que el azul es definitivamente su color. —Sari le dijo a la señora Perry en inglés mientras admiraba su figura de estrella de cine.

—Gracias, está quedando precioso. —La señora Perry revisó su imagen en el espejo, alisándose el vestido en los lugares donde estaba arrugado y flojo.

—Dile que puedo arreglar las pinzas del busto. Eso no es problema —le dijo Abuelita a Sari en español.

Sari permaneció quieta por un momento. ¿Por qué Abuelita querría señalar esas partes del cuerpo? Ella no podía hablarle a la glamorosa señora Perry sobre su busto.

—Anda, dile a la señora. —Abuelita insistió mientras alisaba las arruguitas de la tela.

—Abuelita dice que no hay problema en recogerle . . . ahí, usted sabe dónde. —Ya había salido de ésa y se sentía aliviada.

—Me gusta más que el último vestido, ése de seda color lila que le hice —le señaló Abuelita a Sari con la barbilla.

—Sí, creo que a mí también —dijo la señora Perry después que Sari tradujo—. Dile a Abuelita que quiero que baje la línea del cuello, al igual que lo hizo con el vestido de seda color lila.

—Quiere que le bajes la línea del cuello como lo hiciste con el vestido púrpura, —le dijo Sari a Abuelita en español.

Abuelita afirmó con la cabeza, haciendo medialunas en el aire con el dedo, frente al pecho de la señora. —Pregúntale si lleva el sostén correcto para este vestido.

¡Qué mala onda! pensó Sari. Ahora tenía que preguntarle a la bella señora Perry acerca de su ropa interior.

—¡Vamos, pregúntale! —le ordenó Abuelita a Sari mientras hacía gestos de levantamiento con sus manos frente a la señora Perry—. ¿Sostén? ¿Sostén? —Abuelita usaba una de las pocas palabras que sabía en inglés.

—Mi abuelita quiere saber si usted lleva el ajustador correcto. —Fue difícil para Sari preguntarle a la señora Perry eso. Sari usaba un sostén de entrenamiento, pero se sintió muy avergonzada cuando fue con Mamá a la tienda a comprarlo. De hecho, ni ella ni su amiga Julie se sentían cómodas hablando de sostenes, a pesar de que hablaban de todo.

—¡Cómo pude olvidarlo! Lo puse en la cajuela del auto esta mañana, nada más para esta prueba. El ajustador y los tacones. Sari, ¿serías tan amable de ir por ellos? —Sari le alcanzó la bolsa y ella le dio las llaves.

A Sari no le molestaba este tipo de favores. Era mejor que las cosas vergonzosas que Abuelita le hacía preguntar. Se sentía agradecida de que Abuelita no hiciera pantalones. ¡Tendría que preguntarle a las señoras cómo les quedaban en el trasero o, peor que eso, entre las piernas!

Cuando la prueba terminó, la señora Perry le dio a Sari dos dólares por su ayuda.

Abuelita y Sari no los aceptaron, pero la señora Perry insistió. Aceptar el dinero y agradecerlo sería la acción correcta, le dijo Abuelita a Sari. Sari estaba encantada. Mamá pensaba que era muy joven para trabajar, aunque fuera cuidando niños, así es que obtener dinero por medio de su esfuerzo la hacía sentir especial.

Miel, *honey;* Oso, *bear;* . . .

—Yo en verdad esperaba que Carlos pasara cerca de mí cuando se dirigiera a su clase de educación física, pero oí los gritos del señor Baker y corrí al baño de las chicas —dijo Julie estallando en risas.

Sari y sus amigas conversaban sobre la escuela, los profesores y los chicos en el salón Florida, el patio cubierto, atrás de la casa de Sari. El tema de los chicos era muy importante; seguían hablando de eso a pesar de la difícil prueba de matemáticas en la clase de la señorita Lindsey y de la voz estridente del señor Baker cuando vigilaba los pasillos. Era viernes por la tarde y las chicas estaban animadas y relajadas.

—¿Cuánto tiempo estuviste ahí? ¿Llegaste tarde a la clase? —preguntaron las chicas.

—No existía la posibilidad de llegar tarde, ¡no cuando la siguiente clase era la de la señora López!

Murmullos de afirmación le dieron la vuelta al cuarto. La señora López no aceptaba retrasos.

—Esperaba cruzarme con Carlos y que me invitara al baile —admitió Julie, la muchacha de ojos azules, esperando apoyo de sus amigas.

Julie sólo hablaba inglés a pesar de sus dos años de cursos de español elemental. Ella era la mejor amiga de Sari, probablemente porque era la que vivía más cerca y caminaban juntas a la escuela todos los días. Karen y Stephanie tampoco hablaban español.

—Sí, es cierto lo que dices —dijo Karen—, vi a toda la banda después de la escuela, pero Joey no sacó el tema.

—No te va a invitar delante de todos sus amigos. ¡Tienes que agarrarlo solo! —rió Isabel. En asunto de chicos Isabel era la más sabia. Después de todo ella y "el Marciano", que se había ganado ese apodo por su corte de pelo, se habían visto en el centro comercial tres veces, y él le hablaba por teléfono muy seguido. Todos pensaban en ellos como si fueran una pareja.

—Ya sabemos eso, pero es difícil verlos solos —dijo Glori con su voz de flauta, alisándose el flequillo levantado frente al espejo.

Isabel y Glori eran bilingües, hablaban español e inglés, y como Sari, venían de una familia cubana. Cuando no había otra gente con ellas, las tres chicas hablaban en una mezcla de las dos lenguas conocida como *spanglish*. Era un acuerdo implícito por el bien de aquéllos que no podían entenderlas.

—¿Ya saben que tenemos que usar vestidos para el baile? —Stephanie les recordó sin mucho entusiasmo.

—Sí, quieren que nos vistamos de fiesta. Será una lucha hacer que mamá me permita usar lo que quiero. No tiene idea de lo que a las chicas les gusta usar para fiestas como ésta. —Julie respiró hondo.

—¡Conociendo a mi mamá, querrá que me ponga un vestido de iglesia! —Glori pensó que también ella tendría que luchar.

—¿Y qué pasa si nosotras invitamos a los chicos a ir con nosotras? —preguntó Karen.

—¡De ninguna manera! ¡Prefiero ir sola! —Julie y Sari gritaron al mismo tiempo. Las otras asintieron con la cabeza, horrorizadas.

—Yo prefiero usar un vestido de iglesia que invitar a un chico a bailar. —Glori estalló en risitas.

—Es el baile de la escuela, ¿saben? —continuó Sari echándole una miradita a su figura delgada en el espejo—. Podemos ir solas.

—¡Ya sé! —Stephanie brincó en el sillón emocionada—. Podemos hacer un pre-baile. Invitamos a todos los chicos, y con el poder de la música romántica —dijo mientras bailaba alrededor del cuarto con un compañero imaginario—, ellos tendrán el valor de invitarnos.

—¡Creo que podría funcionar! —Glori se reunió con ella en medio del cuarto—. Pero por favor, música romántica no. Nada más *rock-and-roll* a todo volumen. —Ella agitó su cuerpo con un ritmo silente, ondeando las manos arriba, en el aire.

Todas las chicas brincaron de las sillas, riéndose y moviéndose al ritmo de un *rock-and-roll* mudo.

Nadie la oyó entrar. Ella simplemente apareció en el cuarto Florida de repente, con una sonrisa dulce en los labios y unos rizos grises enmarcando su cara arrugada. Abuelita se divertía con sus payasadas, aunque no tenía idea de lo que hablaban en inglés.

—Aloó, chicas.

¡Oh no, ese sonido de gárgaras! Pensó Sari asustada.

—¿Coca Cola? ¿Galletas? —les preguntó Abuelita.

Sari se encogió en su silla. Abrazó un cojín del sillón fuertemente contra su pecho.

—Buenas tardes, señora Záenz —todas la saludaron en coro. Las chicas estaban quietas y tímidas. Habían parado de bailar.

—¿Coca Cola? ¿sí? ¿no? —preguntó apuntando a cada chica.

—Sí, gracias —respondió cada una.

Sari se tapó la cara con el cojín, y emitió un sonido agónico.

Abuelita les había llevado los refrescos y la bolsa de galletas de chocolate en una bandeja que acomodó en la mesita de centro.

—Coman, beban, es bueno —dijo Abuelita en el poco inglés que sabía, y luego sonrió tiernamente al ver que ellas tomaban los vasos de la bandeja.

Las chicas estaban incómodas y en silencio.

—Abuelita, gracias. ¿Por favor, te puedes ir ahora? —le suplicó Sari en español.

Manzana, *apple;* Pera, *pear* . . .

El teléfono sonó y Sari corrió a contestarlo. Dio la vuelta a la esquina del pasillo y derrotó a Abuelita por la distancia de un brazo. Le echó a Abuelita una mirada que significaba que *ella* contestaría la llamada y necesitaba privacidad.

—Hola.

Era Jim. El corazón de Sari se paralizó. Se hundió lentamente en el sillón de espaldas a Abuelita. Tal vez la invitaría al baile.

—Mi vida, cuando termines de hablar por teléfono vamos a ir a la farmacia.

Abuelita lo dijo en español tratando de llamar la atención de Sari. Sari cubrió el auricular con la mano para tratar de amortiguar el ruido.

—¿Me oíste, mi vida? —insistió Abuelita caminando alrededor de la mesita de centro para enfrentar a Sari—. Tenemos que ir a la farmacia en unos minutos.

Sari puso un dedo sobre los labios de Abuelita y la miró suplicante.

—¿Qué? ¿No me oyes? —preguntó Abuelita.

—¿Podrías esperar un minuto? —Sari le preguntó en un tono dulce a la persona que llamaba. Puso el auricular bajo el cojín del sofá y se sentó encima—. ¡Por favor, Abuelita! —Su tono en español era amargo como el limón.

—Necesito algo de la farmacia y quiero que vayas conmigo. —Abuelita le sonrió dulcemente a su nieta, sin comprender la importancia de la llamada telefónica.

Salieron de la casa un poco después con el calor de la tarde. No era una caminata larga a la farmacia, sólo cuatro cuadras, pero el riesgo de que la vieran en la acera con Abuelita la preocupó. ¿Qué pasaría si a Jim se le ocurriera de casualidad conducir por ahí con su madre? No, eso no puede suceder, se dijo a sí misma. Aún así volteó hacia atrás buscando en el tráfico los carros que conocía.

Jim no la había invitado al baile por teléfono. Pero el hecho de que la hubiera llamado era una buena señal. Todavía había tiempo.

—Apúrate, Abuelita, vas muy despacio.

—Yo te alcanzo, mi vida. Hace mucho calor. Caminar con este calor me quita toda la energía. —Abuelita se detuvo bajo la sombra de un árbol de aguacate en el jardín de un vecino y se secó el sudor de la frente con su pañuelo de encaje.

¡Ay, no! Alguien nos va a ver aquí, pensó Sari. Se adelantó y se guareció del sol bajo la sombra de un árbol de mango. Por lo menos de esa manera no las verían juntas. Sari no quería que sus amigos pensaran que no tenía nada mejor que hacer que caminar con su abuela.

No hacia calor en la farmacia, pero Sari de inmediato se dio cuenta de que tenía la boca seca y quiso tomar una bebida refrescante. Ayudaría a su abuelita con sus preguntas médicas y le pediría que le comprara un refresco antes de salir.

El farmaceútico miró a Abuelita por encima de sus lentes de leer. Se paró en una plataforma separada del público por un mostrador alto. Él estaba por encima de ellas, así que tuvieron que mirar hacia arriba para que las atendiera. Para entonces, una pequeña cola de clientes se había formado detrás de ellas.

—Pídele que me recomiende algo para el estreñimiento —dijo Abuelita tomando su bolso con ambas manos y mirando a su nieta.

Sari abrió la boca incrédula. —¡No le puedo preguntar eso! —murmuró en español.

—¡Vamos! Pregúntale! —Abuelita movió la cabeza en dirección al farmacéutico.

—¡No voy a hablar de eso con un extraño y con toda esta gente alrededor! —Sari dijo firmemente, refunfuñando, con la cabeza gacha.

—¿Por qué no? —Le preguntó Abuelita en un tono de voz que para Sari retumbaba un eco sonoro por toda la tienda—. ¡Es una función natural del cuerpo, mi vida!

—¿En qué te puedo ayudar? —le preguntó el farmacéutico a Sari, consciente de su papel como traductora.

Sari sabía que tenía que enfrentar el asunto para terminar con la agonía. —Mi abuela no puede hacer del baño —musitó en inglés, todavía con la cabeza baja.

—¿Cómo? No te oigo —dijo el farmacéutico con su saco blanco y reluciente.

Las mejillas y las orejas de Sari se encendieron intensamente. Se inclinó hacia adelante. —No ha ido al baño desde hace unos días. Está estreñida.

—Estreñida —repitió el farmacéutico—. Hay algunos remedios para eso que se venden sin receta médica, vengan conmigo.

—¿Qué dice? ¿Qué dice? —Abuelita quería saber.

—Quiere que lo sigamos —dijo Sari apretando los dientes.

El farmacéutico se detuvo en un anaquel bajo y le pasó a Abuelita una caja blanca y roja. —Dile que tome una pastilla tres veces al día hasta que se regularice de nuevo —dijo mirando a Sari por encima de sus lentes.

—Tómate una tres veces al día hasta que te regularices —dijo Sari en español antes de que Abuelita pudiera pedirle que tradujera.

—Gracias. —Abuelita le sonrió agradecida al farmacéutico.

Sari tomó a Abuelita del brazo y la apuró a la caja registradora. Quería poner punto final al sufrimiento lo antes posible.

—Mi vida, ¿no querías una Coca Cola fría? Ve por una antes de que pague.

—No, por favor . . . Sólo vámonos.

—¿Un dulce? ¿Una revista? —insistió Abuelita, agradecida por su ayuda.

—No, no. Te espero afuera. Por favor, apúrate.

Zapato, *shoe;* Gorra, *hat* . . .

Sari corrió al cuarto detrás de Mamá y cerró la puerta antes que Mamá pudiera dejar su bolsa y su saco.

—¿Cuál es el problema? —Mamá estaba asustada.

—Es insoportable, Mamá. ¡No puedes creer las cosas que hace! ¡Tienes que detenerla! —le rogó Sari.

—¿Quién es insoportable?

—¡Abuelita, por supuesto!

Mamá acomodó su bolso y su saco en el vestidor y empezó a quitarse los aretes.

—Me avergüenza todo el tiempo, Mamá. Quiere que le traduzca palabras extrañas sobre los problemas de su cuerpo y, sobre la señora Perry, ¡tuve que preguntarle acerca de su ropa interior!

—Mi amor, ésa es la forma en la que puedes ayudar a Abuelita. Tú sabes que ella no habla inglés. —Mamá se cepillaba su pelo castaño y miraba el reflejo de Sari en el espejo.

—¡Pero, Mamá, viene cuando mis amigas están aquí y trata de conversar con ellas aunque no la entiendan! Nos estábamos divirtiendo hasta que ella trajo refrescos y galletas, entonces todas se pusieron demasiado tímidas como para seguir bailando. —Sari suplicaba elevando los hombros y las manos.

—¿Quieres decir que Abuelita terminó con la diversión por ser una anfitriona generosa? —Su mamá agitó la cabeza y sonrió.

—¡Mamá, tuve que hablar con el farmacéutico acerca del estreñimiento! ¡En frente a toda la gente! —Hasta ese momento no había ganado ningún punto. Seguramente, Mamá ahora sí entendería la gravedad de la situación.

—Mi amor, ésa es una función del cuerpo.

— . . . Natural. Ya sé. Eso es lo que Abuelita dijo. —Sari movió la cabeza perdiendo toda esperanza y se sentó en la cama de su mamá—. ¡Mamá, tienes que decirle algo . . . Por favor!

—Tú sabes que Abuelita vino a este país siendo demasiado mayor como para aprender bien el inglés. Tú eres afortunada porque puedes hablar dos lenguas. Tienes que ayudarla con sus clientes. La costura es su manera de ganar algo de dinero para la casa.

—Sí, ya sé. La costura es su trabajo de medio tiempo; avergonzarme es su empleo de tiempo completo. —El chiste de Sari era amargo.

—¿Ya lavaste los trastes de hoy? —Mamá le recordó sus responsabilidades.

—Estaba esperando que tú llegaras a la casa para hacerte compañía mientras cocinabas —respondió Sari pensándolo rápido.

—Tú sabes que Abuelita siempre está pensando en cómo ayudarte. Ella se desvive por ti.

—¿Se desvive por mí? A cada minuto me lo dice: "mi vida" esto, "mi vida" lo otro. Es todo lo que me dice, como si yo no tuviera nombre.

—Ésa es una expresión común para dirigirte a alguien que amas. Es un diminutivo cariñoso que usa para ti, —continuó explicando su punto—. El poco dinero que gana se lo gasta en ti. Ahora mismo te está preparando una sorpresa. No debería decírtelo, pero quiero que aprecies su cariño y su trabajo.

—¡Ay, no! ¡Un vestido nuevo, no! ¡Nunca me pregunta qué me gusta, Mamá, y los estilos que escoge son para bebés! —exclamó Sari.

Esto ya había pasado antes. Sari sabía que Abuelita tenía buenas intenciones, pero no estaba al día con los estilos para muchachas adolescentes. Los vestidos de Abuelita estaban diseñados para bebés o para estudiosos. A Sari no le gustaría que la vieran en público usando uno de esos vestidos, pero tampoco quería herir los sentimientos de Abuelita. Así que usaba esos vestidos sólo en reuniones familiares, cuando estaba segura de que sus amigos no la verían. Para otras ocasiones Sari tejía largas excusas para explicar por qué las prendas debían permanecer en el clóset. Abuelita no sería la más lista, pero evitar lastimarla era un trabajo difícil.

—Debes de ser amable y agradecida con ella, porque está ansiosa por verte con tu nuevo vestido de fiesta.

—¿El vestido es para el baile de la escuela? —preguntó Sari con tristeza—. ¡Ay Mamá, Abuelita nunca fue joven!

Perro, *dog;* Gato, *cat;* . . .

Un día, después de la escuela, Abuelita llamó a Sari a su cuarto, que también servía como cuarto de costura. Cuando Sari entró, los ojos verdes de la anciana se arrugaron con una sonrisa juguetona.

—Tengo algo para ti.

Sari había estado temiendo que llegara este momento. Había tenido que poner a funcionar sus habilidades de actuación para que Abuelita no se ofendiera.

Abuelita sacó una percha cubierta con un plástico suave de la parte del clóset donde guardaba los vestidos elegantes. A través del plástico, Sari pudo ver que el vestido era del mismo azul rey que había admirado en la señora Perry. Eso era una buena señal; tal vez el vestido era tan bonito y estilizado como el de la señora Perry.

Abuelita le quitó la cubierta de plástico y le mostró su sorpresa azul rey. El vestido estaba hecho del mismo material fino que la señora Perry había elegido, pero las similitudes terminaban ahí. Este vestido tenía la línea del cuello redonda y alta, y mangas cortas esponjadas. Estaba ceñido de la cintura, y de ahí delicadamente se desprendía una falda vaporosa y suave. Sólo a una joven correcta y formal podría gustarle. ¡Sari se vería por lo menos tres años más joven!

—¿Te gusta? —le preguntó Abuelita con una mirada satisfecha.

Sari cerró la boca abierta por la sorpresa y se obligó a brindar una sonrisa agradecida. —La tela es hermosa. Gracias, Abuelita —se las arregló para decirle.

—Pensé que te gustaría. Compré material extra cuando lo ordené para la señora Perry. Pensé que el color te quedaría bien. Pruébatelo. Estoy ansiosa por vértelo puesto —dijo Abuelita cuando le bajó el cierre y lo sacó de la percha.

Era largo, demasiado largo. Le quedaba por debajo de las rodillas. Las mangas esponjadas y el cuello alto la hacían sentirse como una niña. ¡Y además Abuelita estaba anudándole un moño atrás de la cintura!

—¿Qué piensas? Recuerda que no lo he terminado todavía. Así que no te preocupes por la bastilla —dijo mientras la doblaba y la prendía con alfileres apenas encima de las rodillas.

Como respuesta, Sari asintió con la cabeza mirándose en el espejo mientras luchaba para que no brotaran lágrimas de sus grandes ojos café.

—Entonces, ¿quién es el joven afortunado que va a llevar a mi nieta al baile?

—No tenemos que llevar un compañero. Tal vez esa era la costumbre en tus tiempos, pero ahora las chicas pueden ir a los bailes solas.

El tema de los chicos no era uno del que podía hablar libremente con ella, pero en esta ocasión le dio la bienvenida al cambio de tema en la conversación. A estas alturas estaba pensando que de ninguna manera iría al baile.

—Bueno, si pudieras tomar un compañero, ¿con quién te gustaría ir? —preguntó Abuelita.

—Hay un chico llamado Jim, que es amable y guapo. ¡Por favor, Abuelita, no se lo digas a nadie, ni siquiera a Mamá, o me voy a morir! —le confió Sari a Abuelita con una sonrisa tímida.

—No, no, no —dijo Abuelita, negándolo con la cabeza mientras doblaba la bastilla con los alfileres—. Esto queda sólo entre nosotras, las chicas.

—De cualquier manera, él no me ha invitado. Pero si lo hace . . . ¡no puedo ir! —Sari terminó la frase con un sollozo, justo cuando las lágrimas rodaron por sus mejillas.

—¿Cuál es el problema, mi vida? —le preguntó Abuelita pasándole una caja de pañuelos deshechables.

—¡No me digas así! Y no trates de hablar con mis amigas. Sabes que no puedes hablar inglés —exclamó Sari y se sacudió la nariz con el pañuelo.

—Bueno, ¿por qué no puedes ir al baile? —preguntó Abuelita pacientemente.

—Ay, Abuelita, ¿no lo ves? A veces pienso que nunca fuiste joven. ¡No puedo ir al baile con este vestido! ¡No me gusta!

Ya, ahí estaba, lo había dicho. Pero tan pronto como lo dijo se arrepintió de sus palabras.

El rostro de Abuelita mostraba el profundo dolor que le había causado. Sus inseguros ojos verdes miraron el largo del vestido y se posaron en la bastilla incompleta. Había sido un esfuerzo en vano. Las mejillas de Sari se encendieron. No debió haber dicho esas palabras tan crueles. Abuelita había confeccionado el vestido con amor. Ser malagradecida y grosera no era la manera correcta de comunicarle a Abuelita sus emociones.

Sol, *sun;* Paloma, *dove;* . . .

Abuelita se puso de pie en silencio. Al principio, Sari pensó que le pediría que saliera del cuarto, pero acercó un banco al clóset y buscó algo en el anaquel más alto. Ahí, bajo las cajas que guardaban los implementos de costura, Abuelita tomó una caja de metal con rosas pintadas a relieve. Se bajó con cuidado y se sentó en la cama.

—Ven, siéntate conmigo. —Con su mano palmeó un lugar en la cama.

Sari se sentó, sintiéndose demasiado culpable como para cuestionar los deseos de Abuelita. Una vez que destapó la caja, un fuerte olor a rosas secas llenó el pequeño cuarto. Sari miró dentro de la caja abierta en el regazo de Abuelita. Habían algunas fotografías viejas en blanco y negro, algunas cartas y postales, y un ramillete seco, quebradizo y amarillento por los años.

Sari tomó cuidadosamente las flores secas con su lazo blanco, ahora manchado con lunares café. Abuelita contuvo el aliento cuando la jovencita le evocó el frágil recuerdo.

—Abuelito te dio este ramillete, ¿verdad?

—No. Todavía no conocía a tu abuelito. Un joven me lo dio cuando me llevó a mi primer baile —respondió, más cómoda ahora, con la seguridad que le daban sus flores quebradizas.

—Él debió ser muy especial para ti. Has guardado estas flores por mucho tiempo. ¿Cómo se llamaba?

Abuelita miró extrañada por un momento. —No recuerdo su nombre . . .

—Así que éste es un recuerdo de tu primer baile.

Abuelita estaba pensativa. —No. Guardé este ramillete por Tía Lucy.

Sari esperó en silencio que la mujer reuniera sus pensamientos. Quería que Abuelita continuara.

—Tía Lucy vivía con nosotros cuando yo estaba creciendo. Ella era la hermana soltera de mi madre, y me amaba; me adoraba. Iba a todos lados a donde yo iba en aquellos años —dijo mirando a Sari con las cejas grises alzadas—. No teníamos la libertad que tú tienes. Las jóvenes siempre salían con un adulto. —Abuelita tomó las flores de las manos de Sari y se las acercó a la nariz. Suavemente aspiró la fragancia seca—. Pero el amor de Tía Lucy no siempre era bien recibido.

—¿Por qué guardaste el ramillete, Abuelita? —preguntó Sari suavemente.

—Tía Lucy pensó que éste era un regalo memorable, mis primeras flores de parte de un joven, y yo debía guardarlas por siempre como un recuerdo dulce. —Abuelita sonrió con ternura a Sari—. Pero las flores sólo fueron el recuerdo de una noche terrible —continuó.

Abuelita respiró hondo. —Mira, cuando el joven llegó y me mostró el ramillete, yo estaba feliz y orgullosa. Lo sacó de la caja y caminó hacia mí para ayudarme a ponérmelo. Tía Lucy rápidamente lo detuvo y me lo prendió en el vestido ella misma. Dejó muy en claro que un hombre no tenía nada que hacer tocando el pecho de una joven, hasta que estuvieran correctamente casados. En un segundo mi felicidad se tornó en humillación. Quería encerrarme en un cuarto y nunca volver a ver a ninguno de los dos.

—Ay, Abuelita —dijo Sari conmovida—, ¿de verdad?

Abuelita sonrió dulcemente. Sari vio que el dolor se había borrado con el paso de los años. —Los tres fuimos al baile y lo pasamos muy mal. Pero nunca volví a ver al joven —dijo sonriendo Abuelita.

Cuidadosamente regresó el frágil ramillete a la caja.

—¿Puedo ver las fotos?

—Claro.

Abuelita le entregó el pequeño atado de viejas fotografías de la familia que sacó de la caja. Algunas mostraban a Abuelita con Abuelito en sus años de juventud, sonriéndose uno al otro. Había otros rostros que ella no conocía, y una foto de cuando Abuelita era muy delgada y bonita, con un bebé regordete en los brazos. Seguro que era Mamá. Ésa era posiblemente la fotografía más reciente de la colección.

Sari examinó una de una adolescente con la mano reposando sobre el respaldo de una silla de mimbre, a la usanza de los retratos formales que tomaban en esos tiempos.

La joven tenía una sonrisa débil, y su barbilla hacia abajo la obligaba a ver hacia la cámara a través del flequillo ralo.

—¿Ésta eres tú, Abuelita? ¡Tenías el pelo muy largo, y rubio! No sabía eso, siempre lo has tenido gris desde que tengo memoria.

Abuelita lo negó con la cabeza y sonrió.

—Y eras muy tímida . . .

—No era tímida. Déjame ver la foto —dijo, mirando fijamente la foto para convocar a la memoria—. No, no era tímida, era infeliz. No quería que me tomaran la foto. No me gustaba el vestido que me obligaron a usar. Tía Lucy lo había hecho para mí, y yo sentía que se me veía grande y feo. Trataba de esconderlo detrás de la silla. —Luego, Abuelita asintió con la cabeza lentamente cuando miró el vestido azul rey que Sari todavía traía puesto.

—Creo que entiendo lo que sientes —le sonrió a Sari— quería hacerle algunos cambios a ese vestido, pero Tía Lucy no aceptó.

Era el momento de ser honesta con Abuelita, y decirle que estaba creciendo y que necesitaba participar en las decisiones sobre su persona. Sari tenía la edad suficiente como para opinar sobre su aspecto. Pero primero, necesitaba corregir el daño que había causado.

—Abuelita, siento mucho haberte dicho esas palabras tan crueles y malagradecidas —Sari habló suavemente—. Mamá dice que es difícil para ti aprender inglés. Tú has hablado español toda tu vida. Yo sé que debo ser más paciente y ayudarte cuando hablas con los demás.

Abuelita asintió y le brindó una sonrisa de aprobación. Luego preguntó: —Si pudiéramos cambiarle algunas cosas al vestido, ¿qué lo haría más bonito para ti?

Sari sonrió. —¿Crees que podrías hacerle algunos cambios, Abuelita? ¡Ah, yo sé exactamente lo que me gustaría!

Corrió a su cuarto y regresó con una revista para adolescentes abierta en las páginas de moda.

—¿Ves, Abuelita? —dijo emocionada. Si pudieras bajar la línea del cuello así, y las mangas pudieran ser más voladas. Ah, y también la bastilla debe ser más alta. ¿Ves qué cortos son los vestidos de fiesta?

Abuelita examinó la foto de la revista. Puso un alfiler donde la línea del cuello debería estar y cambió las esponjadas mangas al estilo que Sari quería.

—¿Qué te parece? —Abuelita le preguntó a Sari.

—Perfecto. Es exactamente como lo quiero —respondió muy contenta.

—¿Sabes? —Abuelita comentó con una sonrisa pícara—, creo que ya es tiempo de quitar el moño de la espalda.

—Gracias, Abuelita —dijo Sari abrazándola y sintiéndose llena de agradecimiento cuando Abuelita también la abrazó con fuerza.

Entonces el timbre sonó. Sari corrió a la sala y echó un vistazo por la mirilla de la puerta. Era Jim.

—¡Abuelita, es Jim! ¡Es el chico del que te hablé! —murmuró nerviosamente—. ¡No puedo dejar que me vea con este vestido! No abras la puerta. Me cambio de ropa y regreso inmediatamente.

—Claro, mi vida.

Cuando Sari corrió a su cuarto alcanzó a oír el fuerte acento de Abuelita en inglés.

—Entra. ¿Coca Cola? ¿Sí?

Caballo, *horse;* vaca, *cow*
Esta rima ha terminado. Ahora, *now.*

Amigos del huracán

Clari arrojó su mochila sobre la cerca. Estaba llena de libros que había sacado de la biblioteca. La mochila aterrizó en el pasto produciendo un ruido sordo. Clari miró a su alrededor preguntándose si la señora Murphy habría oído el ruido, pero no vio a nadie.

La cerca de alambre no era muy alta, pero sí difícil de escalar. Los pequeños espacios de alambre se le clavaban en el pie, a pesar de la suela de goma de sus tenis. El alambrado finalmente cedió. Se dobló por el peso de Clari, haciéndole más difícil levantar la pierna por encima de la cerca. Se sujetó fuerte, balanceando las piernas al mismo tiempo y se sentó sobre la barra metálica horizontal. Libre del peso de Clari, la malla metálica regresó a su lugar vibrando.

Miró hacia arriba con pánico. En la ventana de atrás de la casa apareció la cara de la señora Murphy. Su aspecto gruñón le advirtió a Clari que estaba en problemas.

Clari brincó al jardín de la señora Murphy. Con un rebote para ganar equilibrio, Clari recogió su mochila y cruzó el jardín. Corrió tan rápido como sus piernas de trece años podrían hacerlo para llevarla a su casa, que era la de al lado.

Respirando con dificultad golpeó su puerta. —Papi, Papi, rápido, déjame entrar. —Clari gritó en español, la lengua que hablaban en su casa.

—¡Abre la puerta, Papi! —Le rogó a su padre, sin aliento. Si la señora Murphy la encontraba en el portal de enfrente, sola y sin ayuda, estaba sentenciada. Su padre se apresuró en quitar el seguro de la puerta. Ella la abrió a empujones, entró corriendo y la cerró de golpe.

—¿Qué ocurre? —Papi le preguntó en español, viendo que Clari respiraba con dificultad. Su brillante pelo café se le pegaba al cuello húmedo.

Clari lo tomó de la mano y lo llevó hacia dentro de la casa, lejos de la puerta.

Ella no le podía decir cuál era realmente su problema. Él le había advertido que no brincara por encima de la cerca del vecino. Así es que distrajo a su padre con las noticias que había oído en la biblioteca pública: —¡Ya se acerca un huracán!

—¡Cálmate! —dijo Papi, pasando el brazo alrededor de Clari—. Pasarán varios días antes de que sepamos si va a pasar por Miami o no. No debemos preocuparnos.

—¡Papi, yo sé que ahí viene! ¡Viene en camino! —insistió Clari.

—Voy a prender la televisión para oír lo que tienen que decir —dijo su padre suavemente.

Cuando Papi se agachó para presionar el botón de la tele sonó el timbre. Clari brincó. Estaba segura que era la señora Murphy.

—Ve a abrir la puerta, m'ija, —le pidió Papi, usando su nombre favorito para Clari.

—¡No! Mejor hazlo tú. Tengo que limpiar mi cuarto —dijo, y rápidamente desapareció. Clari se asomó por la puerta de su cuarto.

Papi abrió la puerta.

—¡Señor Martínez, su hija lo hizo otra vez! —La voz de la señora Murphy temblaba por la edad cuando hablaba en inglés. Le apuntaba con su dedo derecho, como si fuera una pistola amenazante.

—¡Brincó la cerca y la estropeó! ¡No voy a tolerar más este comportamiento!

La señora Murphy avanzaba lentamente hacia delante al tiempo que el padre de Clari caminaba hacia adentro de la casa, un movimiento que invitaba a la anciana a entrar. Eso era lo que Clari temía. La señora Murphy le diría a su padre lo que pasó y de seguro que ella sería castigada.

—¡Clarita! Ven aquí y explícame lo que la señora Murphy está diciendo. —Las palabras en español de su padre tenían un tono de enojo.

Clari salió de atrás de la puerta dejando la seguridad de su cuarto, y se acercó a su padre. —Dice que me subí a su cerca y que la rompí—. Clari miraba hacia abajo, hacia sus pies, protegidos por la lona de los tenis. Quería hacerse chiquita, y al igual que los dedos de los pies, esconderse dentro de los zapatos.

—Clarita, mírame. —Papi esperó a que los ojos café de Clari encontraran los de él—. Mami y yo te hemos dicho que no hagas esto.

Ella balbuceó unas palabras rápidamente en español —Sí, Papi, ya sé, pero es más rápido . . .

Papi interrumpió sus excusas. —Pídele disculpas a la señora Murphy y dile que no lo volverás a hacer.

—Pero, Papi. —Clari lo observaba con tristeza.

—Dile a la señora Murphy lo que te dije. —Papi habló con firmeza.

Clari tradujo las palabras de Papi. —Lo siento, no lo volveré a hacer. —Ella miró a la anciana tímidamente y vio que sus cejas plateadas no se relajaban. Los labios de la señora Murphy todavía hacían una curva hacia abajo.

—Yo veo la cerca después —Papi le dijo en su inglés titubeante—. La repararé, —le aseguró a la vecina.

La señora Murphy asintió con la cabeza y sin sonreír dio la vuelta y salió. Papi cerró la puerta detrás de ella. Clari temió lo que estaba por venir. La cara de Papi no se veía feliz.

—Así es que éste es el huracán que venía en camino —dijo Papi, agitando la cabeza.

—¡No, Papi, hay una tormenta que viene de verdad!

Papi ignoró sus palabras. —Clarita, no sólo estás doblando la cerca, sino que además lo que haces es peligroso. Podrías atorarte en el alambrado y romperte una pierna. O podrías caerte de frente y necesitar puntadas. ¡No lo vuelvas a hacer!

—Pero, Papi —suplicó—, es un atajo desde cualquier parte: la biblioteca, la escuela, el parque. Si no brinco la cerca tengo que caminar tres cuadras de más para llegar a casa.

—Ir por la ruta a casa no es desviarse. No debes cruzar por los patios de otra gente.

—Pero, Papi, la señora Murphy no es justa. Nuestro patio trasero no da al parque como el de ella. Si no brinco su cerca me toma una eternidad llegar a la casa.

—¡Clarita, ni una palabra más sobre el asunto! Vete a tu cuarto ahora. No puedes ver a tus amigos este fin de semana. Tal vez así piensas sobre lo que has hecho y dejas de desobedecer nuestras reglas.

Clari regresó a su cuarto decepcionada. Apenas era viernes y ya estaba amarrada por todo el fin de semana. Papi no podía ver lo injusto de eso. La ruta más larga le agregaba por lo menos cinco minutos a su caminata. Y hacía calor, particularmente si cargaba los pesados libros de la biblioteca bajo el sol de agosto.

Además, la cerca no estaba dañada, sólo un poco hundida. Ella no era tan pesada como para romperla. La señora Murphy era una enojona que se quejaba de todo.

Tal vez no era una gran pérdida. Si el huracán llegaba a Miami, tendría que pasar el tiempo en su cuarto de cualquier manera. No podría reunirse con sus amigos durante la tormenta, aún si Papi no la hubiera castigado.

Mami llegó del trabajo cuando las noticias vespertinas empezaron. —¿Dijeron algo más sobre la tormenta? —Le preguntó a Papi, acomodando su bolsa.

—Todavía no. El reporte del clima empezará pronto —dijo sin despegar los ojos de la pantalla.

Mami caminó hacia atrás de la silla y se inclinó a abrazarlo. Su largo cabello café se mezcló con el cabello ondulado y oscuro de él.

—Qué bueno que terminó la temporada del aguacate. Estoy contenta de que hayamos recogido toda la fruta y la compartiéramos con nuestros amigos. Lo único que nos faltaría sería una pesada bola verde estrellándose contra nuestra ventana por el viento.

Clari sonrió desde la puerta de su cuarto. Había estado escuchando y mirando la tele lejos de la vista de Papi. Quería saber más del huracán, pero permaneció callada para que Papi no la mandara a su cuarto otra vez.

—¡Mmmm, huele muy rico! —dijo Mami—. ¿Estás cocinando frijoles negros para la cena?

—Sí. Ya están listos. Tengo que estar en el trabajo para el turno de las siete de la tarde. También tengo un picadillo picante cocinándose a fuego lento en la estufa.

Papi trabajaba en el aeropuerto. Cargaba el equipaje de los pasajeros y recibía propinas por su ayuda. Ésta era una buena manera de practicar inglés, ya que tenía que comunicarse con pasajeros de todo el país. Trabajaba de noche porque así ganaba más. Con frecuencia preparaba la cena para que Mami no tuviera que llegar apurada.

El delicioso aroma de la sopa cubana de frijoles había estado tentando a Clari desde hacía una hora. Ahora ya no aguantaba las ganas de cenar.

—¿Dónde está Clari? —preguntó Mami caminando hacia la cocina. Extrañaba su risa bulliciosa.

—Estoy aquí, Mami —dijo Clari desde la puerta del cuarto.

—Bueno, sal de ahí. Dame un beso y empieza a poner la mesa.

—Papi no me deja —dijo Clari haciendo pucheros.

Papi se enderezó en su silla. —¿Quién dijo que no te permito ayudar a tu madre? Puedes salir de tu cuarto para ayudarla con los quehaceres. Tú sabes eso.

—Ah, ah. ¿Y ahora qué pasó? —preguntó Mami, ocupándose de la cocina.

Clari corrió hacia ella y la abrazó. —Mami, la señora Murphy no me deja tomar el atajo. Vino a quejarse de mí con Papi.

—¿Otra vez? —Mami elevó una ceja.

Clari llevó las servilletas y los cubiertos a la mesa. —¡Mmm! Papi prepara una deliciosa sopa de frijoles negros.

—No cambies el tema jovencita. Tú sabes que no te dejamos brincar por encima de la cerca. Además, con trece años, ya eres bastante grande para eso.

—Sudo mucho más al ir por el camino largo, pero . . . si prefieres lavar más ropa.

—Tú no te preocupes por eso. Yo me las arreglo. O mejor aún, tú puedes lavar tu propia ropa.

—¡Aquí está el reporte del clima! —les habló Papi desde la sala.

Clari y Mami corrieron a su lado. Todos escucharon en silencio al reportero. La tormenta había aumentado en fuerza y ahora se llamaba

"Huracán Andrés". Estaba al este de las islas Bahamas y se desplazaba hacia Florida.

—¡Eso significa que debemos empezar a prepararnos para la tormenta! —dijo nerviosa Mami.

—Sí, estoy seguro de que esta noche se nos pedirá que aseguremos las ventanas en el aeropuerto. —La mirada en el rostro de Papi era sombría—. Tenemos dos días para poner las cosas en orden. Si viene hacia acá estará aquí el lunes en la mañana.

—Es mejor que revise nuestra provisión de velas y de comida no perecedera —dijo Mami regresando a la cocina.

—¿Para qué necesitamos todo eso? —preguntó Clari.

—Porque probablemente se va a ir la luz y la comida del refrigerador se echará a perder. Tampoco habrá manera de cocinar —le explicó Mami.

—Y usaremos las velas para ver en la noche —sugirió Clari entendiendo la necesidad de abastecerse.

—Sí, m'ija —dijo Papi, que se les había reunido en la cocina—. Pero necesitamos las velas en el día también. Después de que ponga las tablas de madera sobre las ventanas para protegernos, la casa estará muy oscura por dentro.

Clari se estremeció al pensar en los cuartos oscuros mientras la tormenta amenazaba afuera.

Con las ventanas cubiertas no podrían ver lo que estaba pasando.

—Iré a la ferretería en la mañana —dijo Papi—. Sería bueno que compraras las cosas que necesitamos en el almacén.

Mami asintió. —Esta noche iré con Clari.

Cuando Papi se fue al trabajo, Clari ayudó a Mami a lavar los platos en el fregadero. Sus padres trabajaban en un horario diferente, y ella disfrutaba del tiempo que pasaba a solas con cada uno. Ella tenía a Papi para ella sola en la tarde, y a Mami para compartir la noche.

Mami buscaba en los armarios con un papel y un lápiz en las manos. Escribía las cosas que necesitaban y balbuceaba las palabras para ella misma.

—Atún, seis latas. Leche evaporada, diez latas. Galletas cubanas, dos bolsas. Agua para beber, seis galones . . .

Clari reunió la basura en una bolsa y se dirigió a la puerta trasera.

—Nos iremos a la tienda tan pronto como termines —le dijo Mami a través de la puerta abierta.

Clari miró a todos lados en la oscuridad del patio trasero. —Aquí, gatita, —la llamó suavemente. Abrió la tapadera del bote de la basura y dejó la bolsa ahí. Clari golpeó a un lado del contenedor con la tapadera tres veces—. Gatita, aquí, gatita —volvió a llamarla.

Con el crujir de las hojas secas bajo sus pies, una gata negra salió corriendo de los arbustos. Su brillante pelaje tenía manchas blancas dispuestas irregularmente que, en contraste con el pelambre oscuro, parecía una noche estrellada.

—¡Medianoche! —dijo Clari feliz, arrodillándose, luego la acarició de la cabeza a la cola—. Te traje tu cena. Papi preparó un delicioso picadillo.

Clari acomodó la sopera con la carne molida condimentada que había sobrado de la cena. La gata primero lamió la comida tanteando el terreno, después metió la cabeza en la sopera y comió. Clari la miraba pacíficamente.

Ella alimentaba a Medianoche, la gata de la señora Murphy, cada vez que podía. Si la señora Murphy supiera, no lo consentiría. Todas las noches dejaba a su gata afuera por unas cuantas horas, y Medianoche iba a visitar a Clari. La señora Murphy insistía en una dieta especial para ella. Pero Clari estaba segura que Medianoche prefería la comida especial que ella le daba a la comida seca, de la bolsa, que la señora Murphy compraba.

—Clari, debemos irnos —le dijo Mami desde la puerta de la cocina.

Clari acarició a Medianoche una vez más. Recogió la sopera vacía y regresó a la casa.

—¿Por qué te tardaste tanto? —le preguntó Mami cuando entró a la cocina.

—¡Ah, nada! —respondió Clari escondiendo la sopera detrás de ella.

Pero Mami sabía que pasaba algo. —¡Has estado alimentando a la gata de la señora Murphy! ¿Verdad? —Mami inclinó la cabeza para mirar a Clari—. Sabes que a ella no le gusta que hagas eso.

Clari bajó la mirada y se encogió de hombros. —Ya lo sé. Papi tampoco quiere que la gata entre a la casa porque asusta a Kiki, —dijo Clari refiriéndose al periquito de la familia—, pero uno no puede acariciar ni abrazar a un pájaro en la jaula. Medianoche es una mascota adorable. Uno se da cuenta que ella lo disfruta.

El almacén estaba lleno; eran los clientes que se preparaban desesperadamente para el huracán. Los carritos del mandado iban cargados con comida enlatada, pilas y botellas de plástico de jugo y de agua. Nadie compraba comida fresca o congelada. La gente se veía ocupada y nerviosa.

Clari ayudó a Mami a empujar el carrito de un pasillo al otro. Mami seleccionaba las cosas que tenía en la lista, sin embargo algunas ya se habían agotado. Le pidió a Clari que agarrara platos y vasos de cartón.

—El agua que llega de las pipas después de la tormenta podría salir fangosa. Tal vez no podremos lavar los platos con ella —le explicó Mami y la mandó por otra cosa—. Y trae una bolsa de semillas para Kiki.

A Clari le pareció que tendría que planearlo todo. Cuando llegó a la sección de la comida para mascotas, Clari recordó a Medianoche. No la podría alimentar durante algunos días. ¿Y qué pasaría si la señora Murphy se quedaba sin comida para la gata?

Clari corrió de regreso al carrito con dos bolsas de comida para mascota, una de semillas para Kiki y otra con la comida seca para Medianoche. Colocó la comida de Medianoche en el fondo del carrito y la cubrió con las semillas de Kiki.

—No, no, no. Ahora no podemos comprar las cosas que no necesitamos —le dijo Mami cuando la vio—, compraremos sólo lo más importante.

—Pero, esto es importante —dijo Clari con las manos unidas en un gesto de súplica—, es la comida de Medianoche.

Mami corrió los dedos por el largo cabello café de Clari. Miró a su hija amorosamente. —Muy bien, —dijo—, como ésta es una emergencia, sí podemos comprar comida para Medianoche.

El sábado en la mañana Clari estaba sentada en su cuarto. No había nada que hacer. La escuela empezaría la semana entrante, así que no tenía tarea. Había hojeado los libros de la biblioteca que había traído a casa el día anterior, y se había peinado el cabello en todos los estilos.

Ahora estaba escuchando casetes de *rock-n-roll* en su grabadora portátil. Su estación de radio favorita había dejado de transmitir música y únicamente daba información sobre el huracán. Parecía que la tormenta iba hacia el sur de Florida. Clari ya estaba cansada de oír sobre eso. Le subió el volumen y se puso a practicar movimientos de baile al ritmo de las canciones.

Papi no la dejaba salir de su cuarto para ver a sus amigos. Aquel "¡No brinques la cerca!" hacía eco en su mente. Pero también estaba aprendiendo otra lección: mantenerse alejada de la señora Murphy. La anciana sólo le causaba problemas.

Papi puso una escalera al lado de la ventana de Clari.

—Hola Papi —le gritó Clari por encima de la música, a través de los cristales abiertos.

—¿Cómo estás, m'ija? —le preguntó Papi como respuesta.

—Estoy bien —respondió Clari, agitando la mano al ritmo de la canción—, ¿qué vas a hacer con la escalera?

—Voy a subir al techo —dijo Papi subiendo los primeros escalones—, voy a quitar la antena de televisión. No podemos tenerla en alto durante la tormenta.

—Ten cuidado, Papi —le aconsejó Clari cuando subió al techo de cemento.

Oía el sonido metálico de una herramienta que golpeaba. Ella lo esperó en la ventana. En pocos minutos la antena se aflojó y colapsó contra el techo. Clari vio las manos de Papi cuando alcanzaron la antena impidiendo que cayera al suelo. Papi empezó a bajar la escalera con el artefacto puntiagudo en una mano. Entonces, el alto polo que mantenía la antena arriba cayó lejos de la casa, y todo el aparato se soltó de las manos de Papi, que pudo sujetar la escalera fuertemente. Por un momento, parecía que iba a perder el equilibrio y se iba a caer al suelo.

—¡Agárrate, Papi! —gritó Clari.

La escalera golpeó contra la pared de la casa, con Papi agarrado a ella como un mono en la rama de un árbol. La antena se estrelló contra un árbol y finalmente contra el suelo. Rompió una rama y muchas de las toronjas verdes de la señora Murphy cayeron al piso. Afortunadamente, la escalera quedó apoyada contra la pared de la casa, con Papi todavía agarrado a ella fuertemente. Todo quedó en silencio. Sólo el ruidoso *rock-n-roll* rompió la quietud.

Clari corrió a un lado de la casa. —Papi, ¿estás bien? —Vio que sí estaba bien y que estaba de regreso en el piso enderezando la antena doblada.

Del otro lado de la cerca estaba la señora Murphy examinando el árbol dañado y la fruta en el suelo. Sus cejas grises se habían juntado. Se veía muy enojada.

—¡Señor Martínez! ¿Es posible? —dijo en inglés.

—Lo siento señora Murphy; fue un accidente. —El rostro de Papi se ruborizó, y también extendió una mano abierta hacia el frente

—No lo oigo, señor Martínez, su hija escucha la música demasiado alto.

—Clari, no puedo oír a la señora Murphy. ¡Tienes el radio muy alto! —dijo en español con el ceño fruncido.

—No es el radio, es un casete, —corrigió Clari, pero en el momento en que esas palabras salieron de su boca supo que estaba en problemas.

—¡No me importa si es una banda en vivo! —gritó Papi muy enojado. Sus ojos se achicaron cuando la miró—. ¡Quiero silencio!

Ella había puesto a prueba la paciencia de Papi y la había estirado hasta el límite. Clari corrió a su cuarto y apagó el ruido. Todo estaba en silencio de nuevo. De inmediato regresó al lado de su padre. No quería perderse la escena.

—¿Ve la cerca? Yo la arreglé —le dijo Papi a su vecina apuntando hacia atrás, a donde Clari había hecho el daño. Estaba tratando de desviar la atención del desorden que había hecho.

—Sí, está bien, —dijo la señora Murphy sin mirar en la dirección que él apuntaba—, pero ahora usted ha roto una rama del árbol y ha tirado mis toronjas. El árbol está arruinado, —agregó furiosa.

Papi le preguntó a Clari en español qué había dicho.

—Dañaste el árbol. Tiraste sus toronjas —tradujo Clari—. Está muy enojada contigo Papi —agregó.

—Puedo ver eso. No tengo que hablar inglés para darme cuenta, —comentó Papi, molesto con Clari.

Papi no pudo decirle a la señora Murphy que el huracán se aseguraría de tirar la fruta que quedaba en el árbol. —Lo siento —fue todo lo que pudo decir.

—Señor Martínez, usted va a tener que aprender inglés. ¡Ahora vive en los Estados Unidos! —La señora Murphy lo apuntaba con un dedo nudoso.

Clari se sorprendió por su crueldad. Papi estaba intentado aprender un segundo idioma a su edad. Desde que salió de Cuba, su lugar de nacimiento, había tratado de aprender. Él y Mami hasta habían ido a las clases nocturnas de la secundaria, antes de que él tomara el trabajo del aeropuerto.

—Yo aprendo, yo aprendo, —dijo el padre de Clari sonriendo—. Clari no podía creer que no estuviera enojado con la señora Murphy por haberle hablado de esa manera.

—Señora Murphy, ¿sabe que un huracán está por llegar? —preguntó Papi en su pobre inglés.

Era difícil imaginar que una gran tormenta se dirigía hacia ellos. Clari miró hacia arriba. El cielo estaba azul y despejado. El sol brillaba.

La anciana se encogió de hombros. Parecía no importarle. —Sí, ya lo sé. Mi esposo y yo pasamos algunos juntos, antes de que él muriera.

—¿Necesita que la ayude? Si quiere yo bajo su antena, ¿no?

La señora Murphy abrió los ojos de par en par y comenzó a mover los brazos como si fueran unas tijeras que se abrían y se cerraban. —No, gracias —dijo.

—Puedo guardar las sillas del jardín en el garage, ¿sí?

—No, gracias, puedo hacerlo yo misma, —respondió la señora Murphy negando con la cabeza. Los rizos grises se balancearon con el movimiento.

Clari y su papá vieron a la señora Murphy caminar hacia el patio y doblar y meter las sillas.

—Esa pobre anciana está cargando las sillas. Deben ofrecerle ayuda, —dijo Mami en español cuando se les unió a Clari y a Papi.

—No quiere que le ayude, —respondió Papi.

—Es una gruñona, —susurró Clari en español—. Te dijo que aprendieras inglés y ni siquiera te agradeció por arreglarle la cerca.

—M'ija, yo arreglé la cerca porque tú la doblaste. Era lo mínimo que podía hacer. Ella no puede estar muy agradecida por eso.

—Mi música le molesta. Todo le molesta —dijo Clari moviendo la cabeza con fastidio.

—Sí tocas la música muy alto —dijo Mami sonriendo—, hasta a mí me molesta.

Clari se rió, pero estaba confundida. Se volteó a Papi, que estaba doblando la escalera y le preguntó: —¿Por qué no permite que tú le ayudes?

Papi se quedó pensativo por un momento. —Creo que es una persona muy independiente. Está acostumbrada a hacer las cosas ella misma.

—Es una gruñona, Papi —respondió Clari poco convencida.

—Yo creo que la señora Murphy se siente un poco sola —corrigió Mami.

Papi cargó la escalera bajo el brazo. —Ven al garage conmigo y coge una cubeta para las toronjas que cayeron al suelo. Ya no sirven, y lo único que podemos hacer por nuestra vecina es limpiar el desorden.

—Cuando termines puedes ayudarme a meter las macetas, —le dijo Mami a Clari mientras se alejaba.

—¿Hasta las macetas tenemos que meter? —preguntó Clari incrédula.

—Los vientos del huracán se pueden llevar cualquier cosa que esté suelta, convirtiéndola en un arma voladora, —dijo Mami asintiendo.

El domingo en la mañana el cielo se veía diferente. Densas nubes grises cubrían el azul claro. El viento soplaba, pero no llovía, y el sentimiento de que algo peor se acercaba hizo que Clari se estremeciera. Miami estaba bajo alerta de huracán. Esto significaba que la tormenta azotaría Miami en veinticuatro horas. El huracán Andrés llegaría al sur de Florida esa noche.

Afuera, Clari siguió a Papi alrededor de la casa mientras él y Mami cubrían las ventanas con láminas de madera. Era una tarea difícil. Papi hacía hoyos en la mampostería alrededor de cada ventana, ponía anclas de acero en los hoyos y metía largos y pesados tornillos en cada uno. De esta manera la madera se aseguraba firmemente contra la mampostería y así protegería los vidrios del viento y de cualquier cosa que volara.

Clari ayudó a Papi alcanzándole las herramientas que necesitaba del garage. A la hora de la comida, Clari preparó sándwiches, pero Papi y Mami estaban muy ocupados como para detenerse a comer. Clari llevó las bebidas y los sándwiches afuera, y comieron mientras trabajaban.

A medida que se sellaba cada ventana, la casa se oscurecía cada vez más. Clari pensó que el entrar a su cuarto en mitad del día y encontrar una oscuridad nocturna era algo raro.

También los vecinos estaban ocupados. Todos se apresuraban a proteger sus ventanas y a guardar las cosas sueltas de los patios. El aire estaba lleno de sonidos eléctricos, de sierras y taladros. Hasta podía oírse un martilleo. No había niños jugando afuera. Todo el mundo estaba ayudando en los preparativos.

Clari estaba sola en el jardín de adelante cuando pasó una camioneta blanca. Los pasajeros eran ancianos y se veían preocupados y tristes. En un lado de la camioneta, Clari leyó: "Transporte Metro-Dade". Recordó el anuncio de televisión; era para alguien que no se sintiera seguro en su casa. Una camioneta del condado lo llevaría a la escuela que se había habilitado como refugio mientras pasaba la tormenta.

La camioneta se detuvo frente a la casa de la señora Murphy. Clari la veía con sorpresa. Ella creía que la señora Murphy no estaba preocupada por la tormenta.

El conductor, un hombre negro, muy alto, tocó en la puerta. La señora Murphy salió cargada con bolsas y paquetes. Cargaba su bolso de mano, una maleta de viaje, una almohada, y lo que parecía ser una bolsa de plástico cargada de fotos de familia. En la otra mano llevaba a Medianoche y una bolsa de comida para gato.

—No puede traer mascotas al refugio, —le gritó el conductor al viento. Elevó las manos y las movió alertándola.

—¡Tengo que llevármela! Estará muy calladita en mi regazo. La voz quebradiza de la señora Murphy se oyó como un llanto.

—Lo siento. No se permite llevar mascotas en la camioneta. Tampoco la dejarán entrar al refugio. Ésas son las reglas —dijo el hombre moviendo la cabeza.

—¡Por favor! No puedo dejarla en la casa sola.

Parecía que la señora Murphy en cualquier momento iba a llorar. Clari sintió pena por ella.

El hombre negó con la cabeza de nuevo. —Mire, señora, tenemos que irnos. Yo le ayudo con sus bultos mientras usted regresa la gata a la casa. El conductor tomó la almohada del brazo de la señora Murphy. Ella abrió la puerta y se inclinó para poner a Medianoche adentro, pero la gata se escurrió de su mano y corrió hacia los setos que estaban al lado de la casa.

—¡Ay! —gritó la señora Murphy, asustada. —¡Regresa acá, Medianoche! ¡Regresa, gatita!

La señora Murphy corrió detrás de la gata. Su bolso de mano y las bolsas que traía sujetas a su brazo volaron en el viento. Clari corrió al patio de su vecina para recoger las bolsas.

—¡Tenemos que irnos! Todavía tengo que recoger a otras personas. —El conductor se acercó a la señora Murphy, que estaba arrodillada buscando a Medianoche. El hombre gritaba para hacerse entender.

La señora Murphy asintió con la cabeza. El conductor le ofreció la mano para ayudarla a ponerse de pie. Cuando regresó al portal, llevaba la cabeza y los hombros caídos y hacia el frente. Se veía muy triste. Echó el cerrojo a la puerta de enfrente de su casa y tomó las bolsas que Clari había recogido agradeciéndoselo con un movimiento de cabeza.

Clari creyó ver humedad en los ojos de la anciana.

—Yo busco a Medianoche, —le dijo a la anciana.

El rostro de la señora Murphy se iluminó, pero no sonrió. —Gracias —respondió.

Mientras la camioneta se alejaba, la señora Murphy buscaba en los arbustos con la mirada. Clari la miró hasta que la camioneta desapareció al doblar en la esquina, entonces corrió a la cocina. Estaba muy oscuro y tuvo que encender las luces para ver. Encontró la bolsa de comida de gato que Mami había comprado en la tienda y le hizo un agujero arriba. Clari puso un poco de esa comida seca en una sopera roja de plástico. Cuando la comida golpeó el plástico sonó como el cereal de maíz que Clari desayunaba. Pero, ¡olía a sardinas!

Clari corrió hacia afuera y llamó a Medianoche. —Acá, gatita, gatita.

Se acercó a los arbustos donde vio desaparecer a la gata. El viento golpeaba las ramas hacia atrás y hacia delante haciendo sonar las hojas. Clari estaba segura de que Medianoche tenía miedo. Puso la sopera en el suelo invitándola a salir. Pero Medianoche no salía.

Clari se arrodilló y se asomó entre los arbustos, y pudo ver sus brillantes ojos verdes. Sus patas negras temblaban. Medianoche le temía al viento.

—¡Sal de ahí! Sólo quiero ayudarte. —Clari trató de decirlo amablemente, pero tuvo que gritar para que la oyera. Medianoche no se movió.

Clari sabía que no debía acercarse para atraparla. Un animal asustado puede morder y arañar aún cuando alguien los quiere ayudar. Además, estaba muy escondida en el seto, fuera del alcance de Clari.

Desesperada, Clari regresó la sopera a la cocina. Regresó la comida seca a la bolsa, y del refrigerador tomó una cucharada de los restos de picadillo y los puso en la sopera. Luego la metió en el microondas por unos segundos para calentar el guisado. El calor liberó el aroma de la carne y Clari se dio cuenta que le estaba dando hambre.

Regresó con la sopera de carne y la acomodó enfrente de los arbustos. —Tengo algo especial para ti —le dijo a Medianoche—, vamos, sal de ahí, gatita. No puedes estar afuera con el huracán.

Clari esperó arrodillada otra vez. Después de un momento la gata negra salió cautelosamente. Restregó su pelo sedoso y tibio en el brazo de Clari y maulló. Luego lamió la carne de la sopera.

Cuando se terminó la carne, Clari puso sus brazos alrededor de Medianoche. La gata se acomodó feliz en su pecho. Clari recogió la sopera vacía y se apresuró a entrar en la casa.

Se sentía aliviada porque Medianoche estaba a salvo, pero no quería que sus padres supieran que tenía a la gata de la señora Murphy adentro de la casa. No tenía idea de lo que iban a decir. Sólo sabía que no podía dejar al animal indefenso afuera.

Una vez en su cuarto, acomodó un tapete de felpa bajo la cama y colocó a Medianoche ahí.

—Sé una gatita buena. No hagas ruido. Que Papi y Mami no sepan que estás en mi cuarto. Te pondré a salvo de la tormenta, pero debes quedarte calladita.

Medianoche maulló. Clari le sonrió. Cerró la puerta del cuarto y fue a ayudar a sus padres.

Ya avanzada la tarde, el viento se intensificó. Las fuertes ráfagas hacían difícil caminar. Ahora había que gritar para hacerse oír. El cielo se oscure-

ció y unas nubes densas y grises dejaban caer gotas de lluvia. El viento hacía que las gotas de lluvia impactaran sobre el cuerpo de Clari mientras trabajaba. Ésta no era una lluvia ordinaria

—Qué bueno que ya casi terminamos, —gritó Mami mientras el viento luchaba por alborotarle el pelo y deshacer el peinado que llevaba.

—Una plancha de madera más y la casa estará segura, —gritó Papi.

—¿Tú crees que la señora Murphy estará bien? Ella está sola en su casa —dijo Mami con la preocupación en el rostro.

—No sé que pensar. Éste es un huracán muy fuerte.

—No está en la casa, —gritó Clari con el viento—, la señora Murphy se fue.

Su mamá y su papá la miraban sorprendidos.

—¿Adónde se fue? —preguntó Papi—. Ella no tiene familia aquí. Sus hijos viven en el norte.

—Se fue a un refugio, —gritó Clari—, la camioneta del condado se la llevó hace un rato.

—Iba a pedirle que pasara la noche en nuestra casa, —dijo Mami.

Papi hizo una mueca. —¡No sé que hubiera sido peor, el huracán o la tormenta que la señora Murphy hubiera armado dentro de nuestra casa! —Clari y Papi se rieron.

—Tengo que preparar algo para la cena, —gritó Mami—. Regreso pronto.

Clari vio a Mami caminar con dificultad contra el viento. Levantaba cada pierna lentamente, como una figura de caricatura en cámara lenta.

—Vamos, Clari —le habló Papi—, tú y yo tenemos que hacer un trabajo.

Clari lo siguió al garage y tomó las herramientas que él le dio. Papi cargaba la escalera bajo su brazo. Cuando llegaron al patio de la señora Murphy, Papi inclinó la escalera contra la pared.

—¿Qué estás haciendo? —gritó Clari, siguiéndolo. Papi se subió con precaución.

—Voy a quitar su antena de televisión —gritó Papi.

—Pero la señora Murphy no quiere que lo hagas.

—Yo creo que ella quiso decir "sí". —Papi sonrió y guiñó un ojo.

El viento volaba la ropa de Papi, se la pegaba en la parte de enfrente del cuerpo. En la parte trasera su camisa aleteaba ampliamente como si fuera una bandera ondeante. Clari se preocupó de que el viento lo volara del techo. Ella mantuvo la escalera en su lugar cuando empezó a moverse y a amenazar con caerse a un lado de la casa.

En unos cuantos minutos la antena estaba suelta. Papi la bajó por un cable que tenía unido, pero la antena se balanceaba a causa del viento feroz. Clari tuvo que salir de ahí. Finalmente, la antena cayó en el césped. Clari sostuvo la escalera para que Papi bajara del techo.

—Ya ves, Clari, yo creo que la señora Murphy es demasiado terca como para pedirle ayuda a los vecinos —explicó Papi.

En dos viajes guardaron la escalera y la antena de la señora Murphy. Las ráfagas del viento hacían que caminar y cargar cualquier cosa fuera muy difícil. Tenían el pelo y las camisetas mojadas. Caía una llovizna constante, y casi horizontal debido a la fuerza del viento.

—Tenemos que cortar la última lámina de madera en dos piezas. Una será para la ventana del baño, y la otra para la ventana del garage, —dijo Papi cuando regresó Mami.

—He estado pensando —dijo Mami con una mirada suave y triste—, que esas dos son aberturas pequeñas. Tal vez podamos usar las tablas para otra cosa.

—Ya no hay más vidrios que cubrir en nuestra casa, —dijo Papi confundido.

—Sí, ya sé, —sonrió tímidamente Mami—. Estoy preocupada por el vitral de la sala de la señora Murphy. Está tan orgullosa de él.

—¿Te estás ablandando? —le preguntó Papi jugando.

—Yo creo que sí. Como el blandito que quitó la antena de la señora Murphy. —Mami pellizcó a

Papi en las costillas y él se echó a reír. Clari se rió de sus boberías también.

Los tres cargaron la gran hoja de madera al frente de la casa de la señora Murphy. Luchaban contra el viento como si estuvieran conduciendo un velero en un mar huracanado. La tabla era lo suficientemente grande como para cubrir el vitral y proteger los muebles del viento y la lluvia, si es que el vidrio se llegaba a quebrar.

Ya estaba oscuro afuera cuando terminaron de guardar los carros en el garage lleno. Cerraron la puerta. La familia estaba lista para pasar la noche y todo el tiempo que durara el huracán. Papi encendió el televisor para escuchar las noticias acerca de los movimientos de la tormenta. Alineó las linternas y las pilas, las velas y el radio de Clari en la mesita de centro.

Clari ayudó a Mami a lavar la bañera y a desinfectarla. Luego la llenaron con agua fresca.

—No vamos a beber el agua de la bañera, —le dijo Mami a Clari—. Vamos a usarla para lavarnos la cara y las manos; también para lavar las cosas de la cocina, hasta que los trabajadores de la ciudad se ocupen del asunto. Después del huracán el agua puede salir fangosa, o podría estar infectada.

Clari oyó a Medianoche llamándola desde el cuarto, pero Mami no. Entraba mucho ruido por la ventana. También el agua corría para llenar la bañera.

De ahí siguió a Mami a la cocina. Clari se alegró de salir del baño. Era el único cuarto en la casa donde el aullido del viento sobre el vidrio descubierto la estremecía.

Mami puso a trabajar a Clari. Tenía que guardar los cubos de hielo en bolsas de plástico y llenar las vasijas de los hielos. También llenó botellas de plástico con agua y las metió al congelador. Ya Mami había congelado cinco. Ella le dijo que las necesitarían para conservar la comida fría si el huracán cortaba la electricidad.

Mientras su madre se ocupaba en preparar la cena, Clari llevó un poco de comida de gato y un plato con agua para su cuarto. Tuvo que esconderlos de Papi, pero él estaba tan ocupado colocando las pilas en su radio que no la vio.

Medianoche ronroneó feliz en sus brazos. La gata negra no estaba interesada en la comida, pero sí tomó un poco de agua del plato y regresó a su refugio temporal bajo la cama de Clari.

—Cómanse toda la comida de la mesa, —les dijo Mami cuando los llamó a cenar. Había servido toda clase de platillos—. No quiero guardar sobras en el refrigerador. No habrá manera de calentar la comida y se echará a perder.

—Clari, —dijo Papi con un guiño travieso en los ojos—, no te llenes, más tarde va a querer que nos comamos todo el helado del congelador y ésa será la mejor parte.

—Me empiezan a gustar los huracanes, —dijo Clari frotándose las manos.

—Me temo que no dirás lo mismo después de esta noche —respondió Papi, pero ya no estaba sonriendo—. Los huracanes no pueden tomarse a la ligera. Y éste es uno poderoso.

A medida que la noche avanzaba, Clari entendía el sentido de las palabras de su padre. El viento aullaba ferozmente. Silbaba y presionaba las tablas que cubrían las ventanas como un lobo gigantesco que trataba de derribar la casa. Escuchaban objetos golpeando las paredes, y las losas de cemento golpeteaban en el techo. Kiki chillaba de miedo cuando algún objeto golpeaba la pared del portal. No se veía nada afuera. La ventana del baño, la única abertura sin protección, tenía el vidrio opaco. Además, estaba muy obscuro afuera.

Mami puso un juego de damas, pero nadie se podía concentrar.

Todas las estaciones de televisión habían interrumpido la programación regular de fin de semana. Las noticias locales y los pronosticadores del clima daban información sobre el huracán y sobre cómo proteger las casas y las familias. Clari y sus padres veían la televisión nerviosos y tomaban en cuenta todos los consejos.

La puerta metálica del garage vibraba cada vez que las fuertes ráfagas impactaban sobre ella. Clari se sentó asustada.

—Voy a revisar el garage —anunció Papi, y se dirigió a la cocina.

Mami bloqueó el camino de Papi al garage. —No quiero que la abras —dijo—, es muy peligroso salir.

—La puerta se está sacudiendo nada más, —comentó Papi calmadamente—. Quiero ver si necesito martillar una tabla para impedir que vibre.

Con miedo en los ojos, Mami lo dejó salir. Clari y Mami miraban desde la puerta de la cocina. El viento soplaba a través de los huecos donde la amplia puerta metálica se unía al marco. Algunas bolsas de papel y otras cosas sueltas que estaban guardadas en el garage aleteaban por todo el lugar desordenado. Las corrientes de aire agitaban el pelo ondulado de Papi a medida que se iba acercando a la puerta.

—¡Papi, regresa! —gritó Clari brincando de miedo cuando la puerta golpeó estrepitosamente.

Kiki chilló dentro de su jaula, que estaba cubierta con una toalla. Papi regresó a la cocina y Mami le puso el cerrojo a la puerta.

—Está segura —dijo Papi—. No hay nada que pueda hacer para evitar que traquetee. —Luego, mirando la pálida cara de su hija le pasó un brazo por los hombros—. Pero sí hay algo que puedo hacer para que tú no tiembles

Papi llevó a Clari a su cuarto. —Vamos a llevar tu colchón a la sala. Es el lugar más seguro de la casa. Dormirás ahí mientras ves la televisión. —Clari estaba agradecida, a pesar de que sabía que no podría dormir esa noche.

Cuando entraron al cuarto, de pronto se acordó de Medianoche. Ella había escondido cuidadosamente a la gata de la señora Murphy para que sus padres no la vieran. Ahora el juego había terminado. Medianoche se había salido de debajo de la cama y acariciaba la pierna de Clari. Maullaba, y sus brillantes ojos verdes destellaban.

Clari se preguntó qué diría Papi. Ella ya tenía como castigo permanecer en su cuarto, pero parecía que nadie se acordaba de eso.

—Es la gata de la señora Murphy, —dijo Clari tragando saliva.

—Ya lo sé. —Papi no se oía muy enojado—. Lo que me gustaría saber es cómo llegó aquí.

—El hombre de la camioneta no le permitió a la señora Murphy llevar a Medianoche al refugio.

—Entonces, ¿te dio su gata? —preguntó Papi incrédulo.

—No, Papi. Ni siquiera sabe que tengo a Medianoche.

—Ella debió haber dejado a su gata en la casa. La gata hubiera estado bien con un poco de comida y agua —Papi movió la cabeza.

—Eso fue lo que dijo el hombre. Y la señora Murphy lo intentó, pero Medianoche huyó cuando ella abrió la puerta para meterla a la casa. —Clari miró la cara de su padre para adivinar si se había metido en un problema. Pero sólo leyó sorpresa en su cara. Estaba mirando calladamente al sedoso animal oscuro que se frotaba en la pierna de Clari.

—Ya sé que estás enojado conmigo. Pero no te enojes con Medianoche. La mantendré alejada de Kiki. Te lo prometo. —Clari dijo esto después de un rato tomando la mano de Papi entre las suyas—. Simplemente no podía dejar a Medianoche afuera en la tormenta. Nunca había visto a la señora Murphy con esa mirada lastimosa. Creo que tenía lágrimas en los ojos.

Papi miró a Clari y sonrió. —Tenemos a otra blandita en la familia, —dijo y abrazó a Clari.

Clari estaba acostada en su colchón en la mitad de la sala. Había tenido razón. No pudo dormir ni un poquito esa noche. Mami se acurrucó con ella en el colchón y Papi se estiró en el sillón para ver la televisión.

Las noticias daban miedo. El huracán formaba vientos de gran velocidad y potencia. Algunos camarógrafos arriesgaban su vida afuera mostrando las imágenes de las ramas y los semáforos volando a causa de la fiereza del viento y la lluvia. Las palmas se doblaban por la fuerza del viento. Las señales de tránsito y los semáforos no funcionaban en muchas partes de la ciudad. No se veía a nadie en las calles, sólo a los reporteros.

La fuerte vibración de la puerta metálica del garage continuaba sin parar. El viento golpeaba ferozmente la casa. Sonaba como una locomotora acercándose a gran velocidad. Las losas de cemento en el techo traqueteaban como mil castañuelas. Papi temió que se perdieran algunas.

No había nada que hacer salvo esperar la tormenta y comer. Antes, Papi había preparado los helados más grandes que Clari había visto. Les puso todo lo que encontró en el refrigerador: tres bolas de helado de diferentes sabores, crema batida, pedacitos de dulce, chocolate y mermelada de fresa. Le encantó prepararlos. El postre de Clari estaba delicioso. Hasta llegó a pensar que nunca volvería a comer, porque estaba muy llena.

Sin embargo, cuando Mami anunció un repentino antojo de tostones y un refresco, Clari brincó y la siguió a la cocina.

—Leíste mi mente —dijo Clari—, tengo antojo de algo salado ahora.

Medianoche la seguía y se restregaba alrededor de sus piernas, maullando suavemente.

—Me pregunto qué estará pensando, —dijo Clari mientras servía un refresco para cada uno—. ¿Los gatos entienden lo que está pasando a su alrededor?

—No sé —Mami dejó de vaciar los tostones de la bolsa y volteó a ver a Medianoche—, yo creo que el ruido le da miedo y la confunde.

—Ha estado frotándose contra mí toda la noche. Yo creo que ella tampoco puede dormir.

—Tampoco Kiki, —dijo Mami y mordió una tostadita—, cubrí su jaula con una funda para que se sientiera protegido, pero grita constantemente.

—Tal vez le tiene miedo a Medianoche, —Clari abrió la boca y se comió los platanitos salados que había servido su madre.

—No creo. —Mami inclinó su cabeza pensativamente—. Podría estar confundido. Ya sabes que Kiki se duerme en cuanto oscurece. Bueno, oscurecimos la casa muy temprano durante el día, y él no sabe qué está pasando.

Clari bebió un sorbo de su refresco. La espuma formó un bigote dorado sobre sus labios. —¿Y qué pasa con los pájaros en la selva? ¿Adónde se van en las tormentas?

—Me imagino que algunos vuelan a tierra segura. Otros encuentran refugio en los agujeros de los árboles, o abajo en el suelo. —Mami movió su cabeza de un lado a otro lentamente—. Me temo que muchos no se salvarán esta noche.

De pronto un tremendo golpe produjo el ruido más fuerte que oyeron durante esa noche, perforando la calma interior de la casa. Los cuartos quedaron sumidos en una oscuridad total. El televisor se apagó. El vidrio roto tintineó, y luego se hizo añicos cuando el golpe pegó duro. El viento feroz recorrió los cuartos con un rugido. Quedaron cubiertos de hojas mojadas y lluvia.

—¡Eeeeeh! —Clari dio un grito agudo.

—¿Estás bien? —Papi preguntó a gritos. Era difícil escuchar con el rugido del viento.

—¡Estamos bien! —Mami respondió también a gritos. Abrazó a Clari fuertemente permaneciendo en su lugar.

Clari vio la luz de la linterna de Papi. La luz no estaba acercándose a la cocina. Se iba alejando hacia los cuartos.

—¡Papi, regresa! ¡Ven a rescatarnos! —le gritó Clari.

—Quédense donde están. ¡No vengan para acá! —vociferó él.

—Papi regresará por nosotras. —Le dijo Mami al oído. La cabeza de Clari descansaba en el hombro de Mami—. Tiene que revisar los daños.

El viento viajaba a través de la casa oscura. La lluvia las mojó mientras estaban en la cocina.

—¿Qué crees que haya pasado? —preguntó Clari asustada.

—No sé. Imagino que se rompió una ventana. Espero que la cubierta de madera no haya cedido. —Mami se agarraba de Clari y Clari estaba agradecida de tener a alguien de quien sujetarse en la oscuridad.

Clari y Mami vieron la luz que regresaba. De repente el viento que soplaba adentro de la casa se detuvo. Pero escucharon un nuevo ruido golpeando dentro de la casa. Parecía que el huracán quería entrar una vez más.

—¿Qué encontraste? ¿Qué se quebró? —Le preguntó Mami a Papi ansiosamente.

—La ventana del baño. El árbol de toronja de la señora Murphy se cayó sobre la casa y quebró la ventana, —dijo Papi caminando hacia la cocina.

—¡No! —gritó Mami incrédula.

—¡Caramba! —dijo Clari— ¿Y qué es ese traqueteo que se oye ahora?

—Cerré la puerta del baño, pero el viento que entra por la ventana rota hace que la puerta se agite. Tengo que encontrar algo en el garage para cerrar la abertura.

—Voy por unas linternas para Clari y para mí, —dijo Mami soltando a Clari.

—¡No me dejes! —gritó Clari.

En la oscuridad Papi descansó su mano sobre el hombro de Clari, que se sintió segura una vez más.

—Yo me quedo contigo, —dijo Papi—, desde aquí voy a dirigir la luz para que Mami encuentre las otras linternas.

El garage daba más miedo que antes. Clari y Mami iluminaron el camino de Papi desde la puerta de la cocina. Estaba muy oscuro. Parecía como si un monstruo hubiera agarrado la puerta metálica desde afuera y estuviera tratando de destrozarla. El ruido les lastimaba los oídos. Clari se preguntaba cuánto tiempo podía permanecer la puerta del garage abierta.

—¡Apúrate, Papi, esto me da mucho miedo! —gritó.

Papi regresó con un martillo, unos clavos, un viejo tablero de madera y unas tijeras de podar.

—¿Qué vas a hacer con eso? —preguntó Mami, iluminando la podadora con su linterna.

—El baño es un espectáculo. Hay ramas pegadas a la ventana y toronjas verdes colgando sobre la bañera, —dijo Papi—. Tengo que cortar las ramas para poder cubrir el agujero.

—¡Yo quiero ver ese desorden! —exclamó Clari.

A Mami no le gustó la idea. —Es muy peligroso. El viento puede soplar y lastimarnos con algo. Estoy segura de que hay vidrios por todo el piso.

—Está bien para estar unos minutos, —dijo Papi—. Nunca volverás a ver el baño así. Además me temo que voy a necesitar tu ayuda.

Cuando Papi abrió la puerta del baño, el viento los regresó con fuerza. Pero lentamente, en una sola fila, lograron entrar. Clari buscaba con su linterna. Las puertas corredizas de la tina estaban estrelladas. Había pedazos de vidrio por todo el piso. Las ramas del toronjo estaban en la abertura donde estaba el vidrio de la ventana. Se veían como brazos delgados intentando meterse a la casa para escapar de la tormenta. Los frutos, del tamaño de una pelota de béisbol, bailaban en la punta de las ramas que se agitaban con el viento. El agua limpia que Mami y Clari habían puesto en la bañera ya no estaba clara. Hojas verdes, palos y frutas habían caído en el agua.

Clari vio los pedazos de vidrio en el fondo de la bañera blanca. El suministro de agua limpia estaba arruinado.

—Va a ser imposible lavarnos en los próximos días. —Mami se veía decepcionada, pero sin embargo se las arreglaba para sonreír.

Papi se puso a trabajar. Mami dirigió la luz de su linterna hacia las manos de Papi. Él cruzó la bañera llena y cortó las ramas y los palos, dejándolos caer en el agua sin consideración. Tenía que trabajar con mucha prisa. El viento arrastraba todo lo que había en el cuarto. Clari recogió las toallas empapadas, que aleteaban en los toalleros como si tuvieran vida. Las tiró en una esquina de la cocina y corrió de regreso. Prefería estar en el baño con el viento, que sola en la casa oscura y ruidosa.

Mami le ayudó a Papi a sostener el tablero en su lugar. Esta vez era la tarea de Clari alumbrar con su linterna el área de trabajo. Tuvieron que luchar contra la fuerza del viento mientras Papi martillaba los clavos en la pared. Los primeros clavos cedieron y por un momento todos contuvieron el aliento. Pero luego Papi empujó otra vez el tablero contra la abertura y martilló unos clavos muy largos alrededor, hasta que las manos se le pusieron blancas del esfuerzo. Finalmente tuvo el viento bajo control, por lo menos dentro de la casa.

—¡Lo logramos! —dijo Papi bajo la luz de la linterna de Clari, y les hizo una señal de aprobación con el pulgar. Todos se rieron aliviados.

—¡Vámonos de aquí y cerremos la puerta rápido! —dijo Mami, llevando a Clari hacia fuera del baño.

—¿No confías en mi trabajo? —bromeó Papi con Mami, pero cerró la puerta y las siguió por el pasillo.

Los vientos se calmaron lentamente. Clari lo notó en la quietud de las puertas y de las tejas del techo. Después de un rato sólo se escuchaba un pequeño ruido que llegaba del techo, y un traqueteo ocasional de las puertas, como si las ráfagas de viento estuvieran lanzando sus últimos golpes. No había otra manera de saber que el huracán había pasado, ya que el interior de la casa seguía tan oscuro como había estado toda la noche.

El reloj de Papi marcaba las ocho y media de la mañana. Clari nunca antes había pasado una noche como esta. No había dormido nada, ni siquiera cerró los ojos; tampoco lo había intentado. Admitía a sí misma que estaba muy asustada como para cerrar los ojos. Lo sorprendente era que ahora no estaba cansada. Estaba lista para salir y explorar el vecindario.

—Ponte zapatos resistentes y ven conmigo, —le ordenó Papi cuando ella le preguntó si podían salir.

—¡No puedo esperar a ver el árbol de la señora Murphy! —dijo Clari atándose las cintas de los tenis rápidamente.

—Quiero ver lo que el huracán le hizo a nuestro techo, —dijo Papi.

El paisaje que los saludó cuando Papi abrió la puerta del frente los sorprendió. Cada parte del patio, de la acera y de la calle estaba cubierta con las tejas del techo, con láminas de aluminio retorcidas, ramas de árbol y hojas, pedazos de madera, tablas, papel y objetos que Clari no reconocía. Todo estaba húmedo a pesar de que no se había inundado como Clari esperaba. Ni siquiera había charcos.

Los vecinos salieron de sus casas para inspeccionar los daños. Observaron alrededor, aturdidos por el desorden. Ninguna de las casas tenía electricidad ni servicio telefónico. El viento había arrancado las tejas de la mayoría de los techos. Los vidrios de las ventanas que habían quedado desprotegidas se rompieron, dejando los cuartos empapados y los muebles destruidos.

—Tenemos que poner un techo nuevo, —dijo Papi mirando hacia arriba. Sólo quedó el cartón alquitranado.

—¿Crees que deje pasar el agua? —preguntó Mami con una mirada de preocupación en la cara.

—No sé —respondió Papi encogiendo los hombros—, más tarde voy a subirme para ver si puedo hacer algunos reparos mientras viene el techero.

Clari no podía creer la fuerza del viento. Las tejas de cemento eran muy pesadas. Aún así, el viento las había volado más allá de los jardines. Los carros que no habían sido guardados en los garages durante el huracán quedaron abollados y con los vidrios rotos. Había ramas arrancadas de los árboles. A dos casas de la suya, el inmenso árbol de mango de un vecino estaba tirado en el suelo. Las raíces estaban a la vista, descubiertas. Cuando Clari vio hacia el fondo de la calle descubrió muchos otros árboles derrumbados por la fuerza del viento.

Clari corrió hacia un lado de la casa para ver el árbol de toronja de la señora Murphy. —¡Papi, ven a ver! —gritó.

El viento había empujado el árbol hacia la casa de los Martínez. Su copa, como una sombrilla abierta, estaba contra la pared en donde antes había estado la ventana del baño.

—¡Se llevó la cerca! —dijo Mami cuando los alcanzó.

—Eso se puede arreglar —dijo Papi—, la barra horizontal de arriba de la cerca se rompió, y el peso del árbol la dobló.

—¡Qué lástima! ¡La señora Murphy amaba este árbol!

—Yo creo que la poda que le di no evitó que el viento lo derribara, —bromeó Papi.

—Creo que no, —sonrió Mami.

—¡Qué desorden! ¡Ni siquiera nos podemos comer toda esta fruta verde! —Clari brincó por encima del tronco hacia el otro lado del árbol—. ¿Qué son estos cables?

Papi miró hacia donde apuntó. Los cables eléctricos y los del teléfono estaban en el suelo enredados en el árbol. Los cables estaban unidos al poste en la esquina trasera de su casa.

—¡Aléjate de ahí! —gritaron Mami y Papi al unísono.

—Pueden ser cables eléctricos y estar cargados. Regrésate por un lado del árbol, —dijo Papi, y Clari se percató, por la reacción de sus padres, de que éste era un asunto serio.

—Parece que el árbol cortó nuestras líneas de electricidad y de teléfono, —observó Papi, ayudándola a brincar de regreso por encima del tronco—.

Podríamos quedarnos sin estos servicios por mucho tiempo.

—La casa de la señora Murphy se ve bien, —dijo Mami, haciéndoles una señal con la mano para que se dirigieran hacia el patio de la vecina—. Faltan algunas tejas del techo, pero las ventanas no se rompieron.

—¡Qué buena suerte! Yo cubrí todas nuestras ventanas, menos dos, y se nos quebró un vidrio. Las ventanas de ella no estaban protegidas y su casa salió bien librada.

—¡La señora Murphy tiene suerte!

—Tiene suerte de tener un vecino como tú. Ven a ver esto. —Mami llevó a Papi de la mano hacia el jardín delantero de la señora Murphy.

Había una hoja de aluminio tirada en el césped. Parecía ser parte del cobertizo de algún vecino. Estaba a unos pies de distancia de la tabla que cubría el vitral de la ventana.

—La tabla tiene un rasguño profundo. Creo que el viento lanzó la pieza de aluminio contra ella, —dijo Papi examinando la tabla detalladamente.

—Sí, yo también creo que así fue, —dijo Mami echando un vistazo a la ventana cubierta y a la gran hoja metálica en el suelo—. Su bello vitral se hubiera hecho añicos.

—Hubiera sido el final de su hermosa sala —pensó Clari asustada—. ¿Qué hubiera pasado si Medianoche se quedaba sola adentro?

Mami asintió. Tenía una mirada pensativa. —También la señora Murphy pudo haber estado sola adentro.

Papi empezó a caminar de regreso a la casa. —Vamos m'ija. Tenemos mucho que limpiar.

Después de tomar un desayuno rápido y frío, los vecinos se reunieron para recoger la basura de la calle. La apilaron en montones sobre la acera, al frente de cada propiedad. Cuando terminaron, las familias iniciaron la difícil tarea de limpiar las casas y los patios. Todos estuvieron de acuerdo en que les tomaría varias semanas limpiarlo todo.

Papi quitó algunos de los tablones que cubrían las ventanas y se los ofreció a vecinos cuyas ventanas se habían roto y no tenían forma de repararlas. Ninguna tienda estaba abierta. Algunas estaban destruidas. No se podían comprar materiales para construir.

Cuando repararon la energía eléctrica en la cuadra, hubo un momento de celebración. Los vecinos esparcían felices la noticia por toda la calle. Las familias entraban y salían de sus casas para probar las luces.

Clari dejó lo que estaba haciendo y corrió a su casa con la esperanza de que ellos también tuvieran electricidad. Probó encender cada interruptor, pero no hubo buenas noticias. No escuchó el zumbido de bienvenida del refrigerador cuando vuelve a la vida. Papi tenía razón, el árbol había cortado la luz.

Mami y Clari trabajaron todo el día al lado de Papi, pero había tanto que hacer que, al atardecer, el patio todavía se veía desordenado.

Hicieron una pausa en su trabajo y miraron con cansancio la camioneta Metro-Dade que venía lentamente subiendo la calle. Clari se fijó que era otro conductor. En esta ocasión era una mujer. Aún así, reconoció a algunos de los ancianos que venían en la camioneta. La señora Murphy se veía cansada y triste. Observó su casa con los ojos muy abiertos.

La camioneta se detuvo y ella se bajó con la ayuda de la conductora. La señora Murphy cargaba en sus brazos las cosas que había llevado al refugio. Se detuvo en el césped de enfrente de la casa.

Abrió la boca con sorpresa. Miró el vitral cubierto y la gran hoja de aluminio que estaba a sus pies.

La señora Murphy entró a su casa y salió de inmediato con las manos vacías. Clari y su familia la observaron nuevamente mientras inspeccionaba el árbol de toronjas caído. La señora Murphy agitó la cabeza. Luego cruzó el patio y se acercó a los padres de Clari.

—Ustedes pusieron la cubierta de madera en mi ventana, ¿verdad? Les estoy profundamente agradecida. Mi casa hubiera sido destruida.

Papi sonrió.

—Él usó nuestra última pieza, que se suponía cubriría la ventana de nuestro baño, —aclaró Clari, pero Papi y Mami, avergonzados, la hicieron callar.

—¡Ay, Dios mío! —exclamó la señora Murphy— ¡Y mi árbol rompió su ventana! Lo siento mucho.

—¡Y tiró las líneas de teléfono y de luz de nuestra casa!

—¡Clari! —dijo Mami, mirándola molesta.

—Ella se iba a dar cuenta de cualquier manera —dijo Clari encogiendo los hombros.

—No es su culpa, señora Murphy, —dijo Papi—. Si va a pasar, va a pasar.

—¡Y también arruinó el agua que almacenábamos en la bañera!

—¡Clarita, ya es suficiente! ¡Métete a la casa ahora mismo! —le gritó Papi en español, frunciendo el ceño. Clari se dio cuenta que había cruzado la línea de nuevo.

Clari caminó hacia la puerta principal. Cuando volteó y vio la tristeza en los ojos de la señora Murphy, se arrepintió de haber sido tan cruel. Clari se detuvo en el portal y escuchó lo que la señora Murphy comentó.

—Estuve mucho tiempo en la camioneta. Primero dejamos a otras personas en sus casas. La conductora tuvo que encontrar caminos que evitaran los obstáculos de las calles.

—Dicen los vecinos que todos los semáforos están apagados —comentó Papi.

—Ni uno está trabajando. Los conductores se tuvieron que turnar para cruzar cada calle. Tomó muchísimo tiempo, —aclaró la señora Murphy.

—Fue un huracán muy fuerte, —dijo Mami asintiendo con la cabeza.

De pronto, Clari recordó a Medianoche. Estaba segura que la señora Murphy estaría encantada al ver que su gata estaba sana y salva. Tal vez Clari podría corregir su crueldad mostrándole que Medianoche estaba bien.

—Hay mucho daño por todas partes. Estaba preocupada por mi casa, —decía la señora Murphy cuando Clari regresó al portal con la sedosa gatita negra en los brazos.

—Revisé su techo cuando me subí a ver el mío. Faltan algunas tejas, pero no hay más daños, —le aseguró Papi a la viuda.

—En verdad estoy muy triste por mi gatita Medianoche. Ella huyó de mí ayer, y me temo que no la volveré a ver.

—Por supuesto que sí la volverá a ver. La tengo aquí mismo, —dijo Clari.

La señora Murphy estaba sorprendida. —¡Mi gatita! ¡La encontraste! —su voz se quebró de la emoción.

Clari le entregó la cariñosa criatura. La señora Murphy se frotó la sedosa carita brillante en su mejilla. Medianoche maulló contenta.

—Clari llevó a Medianoche a nuestra casa antes del huracán. La acomodó en su cuarto —dijo Mami, pasando un brazo sobre los hombros de Clari.

Los labios de la señora Murphy dibujaron una sonrisa brillante y agradecida en su rostro. Clari pensó que era la primera vez que veía a la señora Murphy feliz.

—Gracias, Clari, —dijo la anciana. Clari estaba sorprendida. Creía que la señora Murphy no sabía su nombre. Luego la señora Murphy volteó a ver a sus padres y les dio las gracias.

Después de que oscureció, Papi escuchó un taconeo débil en la puerta de enfrente. Llevó una linterna para que lo orientara, luego abrió la puerta. Ahí estaba la señora Murphy con una fuente humeante de espagueti con salsa y carne. Había envuelto un pan italiano con papel de aluminio y lo había puesto encima del plato.

—Traje una cena caliente para ustedes tres, —dijo la señora Murphy. Su sonrisa transformó las arrugas de su rostro en ángulos felices—. Espero que a Clari le guste el espagueti y el pan de ajo. —La anciana miró alegremente a Clari y le guiñó un ojo.

A Clari se le hizo agua la boca a causa del maravilloso aroma que invadió la casa.

—Gracias. Iba a preparar sándwiches fríos esta noche, —dijo Mami tomando la sopera caliente—; es muy amable de su parte, señora Murphy.

—Por favor, llámame Adele, querida.

—Gracias, Adele, —dijo Mami intercambiando una mirada sorprendida con Papi.

—Mi nevera está trabajando, querida, —continuó la anciana—. Si quieren pueden guardar su comida allí. Me puedo llevar algo ahora mismo cuando regreso.

—Gracias. Voy a revisar qué se puede comer. —Clari estaba sorprendida con el cambio de la señora Murphy. No sabía qué vendría después—. Si gustas, puedes venir conmigo a la casa y traer una cubeta con agua fresca.

Clari abrió la boca y sólo logró asentir.

—Eso nos ayudaría mucho, —dijo Papi, que había seguido a la mujer a la cocina. Le hizo una señal a Clari y corrió a la cochera. Con la ayuda de una linterna, encontró una cubeta limpia y regresó de prisa.

En la cocina, Papi, Mami y la señora Murphy escogían alimentos entre la comida que habían guardado en una hielera. Llenaron una bolsa del mandado con las cosas que requerían cocinarse y que pronto se echarían a perder.

—Yo la ayudaré a cargar esto, —dijo Papi levantando la bolsa.

—Quiero que cocines la comida en mi casa hasta que instalen la electricidad nuevamente, —dijo la señora Murphy volteando a ver a Mami cuando iban hacia la puerta.

—Muy bien, señora Murphy; quiero decir, Adele, —dijo Mami y sonrió—. Mi esposo encenderá la parrilla todos los días. Yo cocinaré ahí.

—Yo les traeré café en la mañana, —dijo caminando hacia la puerta. Luego la señora Murphy se dirigió a Papi como si hubiera recordado algo importante—. ¡Ah! señor Martínez, respecto a la cerca . . .

—No se preocupe, yo corto el árbol y la arreglo, —dijo Papi interrumpiéndola.

—No, no. No me refiero a eso, —la señora Murphy se detuvo y negó con la cabeza—. Yo hablaba de la parte trasera, donde el patio da al parque.

Clari sabía a lo que se refería. Hablaba del lugar donde Clari se trepaba, así que bajó la cabeza avergonzada.

—Me pregunto si usted podría ayudarme a instalar una puerta para Clari. —La señora Murphy sonrió cuando Clari la miró—. Bordear la acera hace que el camino se vuelva muy largo para una chica tan simpática.

“Hágalo usted misma”

¡Mari nunca había oído esa palabra antes! Nunca en sus trece años. No era porque el inglés fuera su segunda lengua. Hablar con acento español no significaba que no pudiera entender.

Además, al mirar a su alrededor en el salón de clases, se dio cuenta de que muchos niños estaban tan confundidos como ella. Y eso que su única lengua era el inglés. Robbie tenía la boca muy abierta, como una rana que trata de capturar una mosca. Las dos chicas que siempre andaban juntas, Érica y Cathy, se preguntaron una a la otra, ¿qué?, con el ceño fruncido, confundidas.

“DIORAMA”, había dicho la señora Graham.
—Tienen que hacer un diorama que demuestre la cadena alimenticia de la vida en la Bahía Biscayne.

Sólo el chico listo, Jake, parecía saber lo que significaba la palabra. Miró a todos a través de sus anteojos de armazón de alambre. Sus labios se curvaron con la sonrisa sutil que le causaban situaciones como ésta. "Yo sé lo que significa y ustedes no", parecía decir.

—Sus proyectos serán evaluados, y aquéllos que mejor muestren lo que hemos estudiado en clase recibarán premios —dijo la señora Graham—. El diorama será entregado en dos semanas.

¡Dos semanas! Mari necesitaba todo ese tiempo para investigar qué significaba la palabra. Se enredó un rizo de su largo pelo negro alrededor de un dedo y miró a su alrededor de nuevo. Esperaba que otro, además de Jake, se viera confiado. Entonces, tal vez, a esa persona le preguntaría después de la clase. Pero no al arrogante de Jake; él sería el último a quien le pediría ayuda. Ninguno tenía un aspecto relajado. Algunos anotaron la palabra en su cuaderno para que no se les escapara. Mari hizo lo mismo. Tal vez a los otros estudiantes les ayudarían sus papás, y tendrían el problema resuelto.

Liz, que se sentaba en la tercera fila, levantó la mano. Si ella preguntaba lo que silenciosamente se cernía sobre cada una de las confusas cabezas de los niños, la señora Graham la pondría en su lugar. La risa de los chicos sería segura.

Las tareas de la señora Graham nunca se cuestionaban. Uno entendía lo que ella quería decir o lo averiguaba por cuenta propia. La señora Graham asumía que todos amaban las ciencias naturales tanto como ella. Cada estudiante en su clase sabía que ella vivía lo que enseñaba. Mari se imaginaba que su casa estaba diseñada para representar los habitats que describía en clase. Probablemente tenía un desierto árido, una jungla tropical, un jardín al lado del mar. Tal vez ella vivía en el mar.

Todos los ojos estaban puestos en Liz, la chica de pelo negro. Su mano había estado alzada, pacientemente esperando el permiso para hablar.

—¿Sí? —La señora Graham alargó la palabra, como si esas dos letras tuvieran múltiples sílabas.

—¿Qué es un diorama? —La chica tragó saliva silenciosamente.

Mari sabía que se necesitaba coraje. Los estudiantes estaban callados. Mari estaba segura que estaban conteniendo la risa porque podía haber sido cualquiera de ellos quien hiciera la misma pregunta.

—¡Investiguen! —respondió la señora Graham. La clase se rió, pero esta vez fueron unas risillas nerviosas, como para disimular que ellos eran tan culpables como Liz—. Están en el octavo grado. Deben pensar por ustedes mismos. Si yo les doy todas las respuestas no van a aprender.

Mari estaba preocupada. Quería hacer todo bien en esta clase. Hasta le gustaba la naturaleza y todas las cosas que tenían que ver con ella. Mari debería saber que la señora Graham les dejaría todo a ellos.

—Por favor, recuerden, —dijo la señora Graham cuando la campana sonó y los estudiantes recogieron sus libros—, que se supone que esto sea divertido. Estoy segura que lo pasarán muy bien haciendo sus dioramas.

¿Divertido? ¿Cómo puede ser posible que la escuela sea divertida? La señora Graham, pensó Mari, era una mujer extraña.

Después de la cena, Mari se puso a pensar en la tarea. Había hecho su tarea de matemáticas mientras veía sus programas favoritos de televisión. Había tenido tiempo para hablar por teléfono con su amiga Ana y hasta para oír la radio. Eso siempre la ponía de buen humor.

Cuando su madre llegó a casa del trabajo comieron juntas. Mari lavaba los platos todas las noches. Ella pensaba en muchas otras cosas que le gustaría hacer en lugar de lavar los trastes, pero Mamá tenía razón: ella tenía que ayudar. Por lo menos eran sólo dos, había sólo dos platos, dos vasos, dos tenedores y dos cuchillos. Ella sumergía cada par en el agua enjabonada, los enjuagaba y los ponía a secar. Era como el arca de Noé, dos de cada cosa, a excepción de que ella los sumergía en la corriente de las aguas antes de que ingresaran al arca.

La idea le llegó mientras hundía la olla cubierta con una capa cremosa de sopa de frijoles colorados, y mientras tallaba la costra del sartén en el cual Mamá frió los filetes de pescado que Mari tanto había disfrutado. Pudo haber tenido esa idea a causa del penetrante olor a pescado que salió del fregadero cuando llenó el sartén de espuma. En todo caso, recordó el mar, y eso le trajo a la memoria la bahía y las criaturas que ahí vivían. Se acordó de la cadena alimenticia que tenía que mostrar en un . . . ¿Cuál era la palabra otra vez? No podía pensar en ella. Pero estaba contenta porque la había anotado.

Cuando los trastes estuvieron secos y guardados, Mari se fue a su cuarto a buscar la palabra. "DIORAMA". Tendría que recordarla. Debía buscarla en su diccionario para saber qué significaba.

"Di-no-saur"; "de-pre-ssion". La palabra tenía que estar entre estas dos. Estaba segura, pero no la pudo encontrar en su diccionario. Sabía que no la había deletreado mal. La había copiado cuidadosamente de la pizarra, donde la señora Graham se había tomado el tiempo de escribirla para la clase.

Mamá le había dado el diccionario a Mari hacía algunos años, cuando llegaron de Cuba y Mari estaba aprendiendo inglés. La había ayudado mucho en aquel entonces. Podía entender el significado de las palabras por las fotos a color que las acompañaban. Mari sabía que ella había superado al pequeño libro. Le daría vergüenza admitir frente a sus amigos que usaba un libro para niños. Pero era el único diccionario que tenían en la casa.

—Mamá, —la llamó Mari en español—, ¿dónde estás?

—Voy a la lavandería, —le contestó Mamá en español, la lengua que hablaban cuando estaban juntas. Ella cargaba una canasta de plástico llena de ropa sucia.

—Necesito tu ayuda con un proyecto de la escuela. —Mari mantuvo abierta la puerta del apartamento para que su madre pasara.

—Tienes que venir conmigo para decirme de qué se trata. Tengo que empezar a hacer esto —Mamá cerró la puerta luego de que salieron—, ayúdame a cargar el detergente.

Mari siguió a su madre a lo largo de algunas puertas hacia el cuarto de la lavandería. El pequeño cuarto siempre estaba cálido y húmedo, a pesar de la brisa fresca que llegaba a través de la ventana. Un haz de luz borrosa se proyectaba en las paredes de concreto sin pintar. Afortunadamente, la secadora y la lavadora estaban libres. Mamá separó la ropa en dos pilas, y luego empezó a llenar la lavadora.

—Tengo que saber qué es un *diorama.*

Mari pronunció la extraña palabra en inglés. Mamá alzó la mirada, abriendo de par en par sus ojos color café, que eran tan brillantes y oscuros como los de Mari. —¿Un qué?

—Un diorama. Tienes que explicarme qué es para que yo lo haga.

—Mi amor, yo nunca antes había oído esa palabra ni en inglés ni en español. —Mamá continuó llenando la lavadora con la ropa.

A Mari no le gustaba que su madre la llamara "mi amor". Mari sabía que por ahora ella era el único amor de su madre. —Entonces, ¿qué voy a hacer? No sé lo que quiere la maestra.

—¿Ya buscaste la palabra en el diccionario? —Mamá preguntó sin dejar de trabajar.

Mari apretó los labios y suspiró. No quería herir los sentimientos de su madre, pero ya era tiempo de que supiera que el diccionario ya no le servía.

—El diccionario es para niños chicos. Ya no me sirve.

—Posiblemente tiene dibujos para niños, pero las explicaciones son útiles hasta para mí. Lo compré cuando teníamos poco dinero como para gastarlo en cosas como libros. —Mamá le recordó frunciendo el ceño.

—No estoy tratando de ser desagradecida, Mamá. Ese diccionario me sirvió muchísimo mientras estaba aprendiendo inglés.

Le molestaba cuando su madre la hacía sentirse culpable. Particularmente cuando su mamá no entendía cuál era el punto. Mari ya estaba mayor para ese libro.

—Los niños no tienen que buscar tantas palabras. Ese diccionario es muy básico para mí ahora. De cualquier manera, la palabra "diorama" no está ahí.

Mamá colocó dos monedas en las ranuras y metió la pequeña charola del dinero en la caja, arriba de la lavadora. Con chasquidos y sacudidas, la máquina empezó a trabajar y a llenarse de agua. Mamá metió la mano en el chorro del agua para verificar que estuviera tibia.

—Se supone que está relacionada con la cadena alimenticia de la bahía —le dijo Mari a su madre al ver que ella no le estaba ofreciendo ninguna ayuda. Intentó utilizar las palabras correctas en español para explicar algo que ella había escuchado sólo en inglés.

—¿Quiere que hagas una cadena con vegetales? —preguntó Mamá con cara de confusión y como si tuviera muchas otras cosas en su mente.

—¡No, no una cadena hecha de comida! —negó Mari empezando a perder la paciencia—. La cadena alimenticia tiene que ver con los peces grandes que se comen a los más chicos. Cosas como ésas. —¿Cómo podía recibir ayuda si primero tenía que instruir a su madre acerca del tópico del proyecto?— Simplemente no entiendo lo que la maestra quiere que hagamos.

—Mi amor, *tú* estás en su clase. Yo no. ¿Cómo puedo saber qué quiere tu maestra? —preguntó Mamá sin alzar la mirada.

Mari se encogió de hombros. Y puso a prueba a su madre. —Supongo que no podré hacer el proyecto.

—No voy a aceptar que te des por vencida —le dijo su madre seriamente—. Le puedes preguntar a un maestro o a un amigo de la clase. Ve mañana a la biblioteca después de la escuela y busca qué quiere decir esa palabra tan extraña.

—Papá lo sabría —dijo Mari refunfuñando lo suficientemente alto como para que su madre la escuchara—. Si él estuviera aquí me ayudaría.

Mamá midió el detergente de polvo lentamente, mirando a Mari de reojo. No se veía feliz. —Mari, tu papá ya no vive con nosotras, tú tienes que resolver tus propios problemas. De cualquier manera dudo que él entienda todas estas nuevas cosas científicas que estás estudiando —continuó diciendo Mamá mientras se encogía de hombros.

Mari salió bruscamente del cuarto de lavandería y regresó al apartamento. Con los brazos cruzados esperó que su madre abriera la puerta. Mamá se equivocaba. Si Papá estuviera aquí la ayudaría como la había ayudado antes con las matemáticas. Pero Papá se había ido desde hacía algunos meses. Mamá y él se habían divorciado. Él se había mudado de Miami a Nueva York, donde esperaba encontrar un mejor trabajo. Al principio Mari tenía la esperanza que él regresara con ellas, pero ahora estaba convencida de que él se había ido para siempre. Aun así, ella no perdía la oportunidad de recordarle a su madre cuan enojada y herida estaba a causa de eso.

Mamá simplemente no tenía las respuestas. Ella no había estudiado estas cosas en su época, y difícilmente entendía la lengua de su nuevo país. Además, Mamá trabajaba muchas horas como cajera en el supermercado y tenía que hacer los quehaceres cuando llegaba a la casa. Desde que Papá se fue Mamá tenía muy poco tiempo para dedicarle a Mari.

A Mari le molestaba aceptar que tenía que hacer lo que Mamá le sugería. Tenía que encontrar la solución sola. Le preguntaría a otros niños qué estaban haciendo, y tal vez hasta iría a la biblioteca después de la escuela. Pero no le preguntaría a Jake. Y tampoco le preguntaría a la señora Graham. Mari no era tonta.

Al día siguiente, Mari tuvo la oportunidad de visitar la biblioteca durante su clase de inglés. Su maestra usualmente le permitía a cuatro estudiantes ir a la biblioteca durante los últimos quince minutos de clase. Allí, Mari abrió un pesado diccionario y buscó bajo la "D".

Dio-ra-ma: sustantivo. Una escena reproducida en tres dimensiones colocando objetos, figuras, etc., frente a un fondo pintado.

¡Finalmente tenía una respuesta! La señora Graham quería que hicieran una escena en miniatura de la vida en la bahía. Tenía que mostrar cómo cada ser vivo dependía de otros para alimentarse, haciendo pequeños modelos de ellos. Después de toda la preocupación, Mari sintió alivio. Pero tenía mucho trabajo que hacer. Ahora tenía que decidir cómo lo haría. Nunca antes había visto un diorama.

Cuando se levantó a guardar el diccionario, la señora Frank, la bibliotecaria, le preguntó si necesitaba ayuda. Mari siempre había rechazado su ayuda, pero en esta ocasión diría que sí.

—Tengo que hacer un diorama para mi clase de ciencias naturales, y nunca he hecho uno, ni siquiera he visto uno, —dijo Mari riéndose nerviosamente.

—Tengo fotografías de algunos que han hecho los estudiantes en años anteriores. ¿Te gustaría verlos? La señora Frank la llevó a su oficina y tomó cinco fotografías del cajón del escritorio.

Eran pequeños paisajes muy bonitos. Una de las fotos mostraba un río con pastura en un lado y un campo de caña de azúcar en el otro. El río fluía por un área pantanosa en la cual se veía que las plantas estaban muriendo. Una chica radiante de orgullo que sujetaba un listón rojo mostraba el proyecto. En otra foto un chico con espinillas sujetaba un diorama de dunas de arena con espigas de avena creciendo en ellas. El mar estaba hecho con celofán azul oscuro. Cada proyecto había ganado un premio.

—Me gustaría mostrarte mi favorito —dijo la señora Frank. Luego abrió la puerta de una caja de almacenamiento—. Esta escena muestra la vida cotidiana de los indios seminoles que vivían en los Everglades. —La señora Frank sacó el diorama y lo puso en la mesa—. Me gusta mucho porque está hecho con materiales naturales.

En una isla arenosa en medio de la caja, había una pequeña cabaña *chickee*, la casa de palma que habitaban los nativos del sur de Florida. Estaba hecha de hierbas y cañas. Una pequeña canoa de madera, que representaba a las que los seminoles hacían con un solo tronco, descansaba en el agua pintada. Los muñecos de paja estaban vestidos con ropas coloridas de percal, representando aquéllas que las mujeres seminoles hacían con orgullo.

—¿El estudiante hizo también los muñecos? —preguntó Mari sorprendida.

—No, yo creo que los compró en una tienda de curiosidades. Pero hizo todo lo demás. Hasta talló la canoa. —La señora Frank pasó su dedo por un lado del áspero bote en miniatura.

—¡Es precioso! ¿Qué clase de caja utilizó? —exclamó Mari, y caminó alrededor de la mesa para ver la parte trasera del escenario de cuatro lados.

—Cualquier caja del supermercado sirve. Puedes cortar la parte de arriba y un lado de la caja y pintar una escena adentro. —El fuerte sonido de la campana interrumpió las palabras de la señora Frank. En lugar de elevar su voz por sobre el ruido del timbre, esperó pacientemente en silencio a que dejara de sonar—. ¿Cuál es tu tema?

—La cadena alimenticia en la Bahía Biscayne, —dijo Mari, y miró ansiosamente a los otros estudiantes que recogían sus libros y se iban a las otras clases.

—¿Te gustaría que te encontrara algunos libros sobre ese tema? Los puedo tener listos para después de la escuela —le preguntó la señora Frank, al ver que Mari tenía que irse.

—Sí, eso en verdad me ayudaría. —Mari se lo agradeció y salió corriendo de la biblioteca.

Esa tarde, sentada en la cama, Mari hojeó los tres libros que la señora Frank le había escogido. Uno era un libro de biología que tenía un capítulo sobre cadenas alimenticias. Otro libro era sobre la vida marina en el sur de Florida. El tercer libro mostraba ejemplos de modelos tridimensionales e instrucciones para hacerlos. La mente de Mari se aceleró con ideas sobre cómo diseñar su proyecto. Podría comprar celofán arrugado para el agua verde clara de la bahía. Y compraría el hermoso pez brillante que había visto en la tienda del museo cuando hicieron una visita de la escuela. Los peces hechos a mano eran caros, pero ahora ella tenía una razón válida para comprarlos.

Cuando escuchó el tintineo de las llaves de Mamá en la puerta, Mari corrió a la sala para saludarla.

—¡Mamá! ¡Tengo unas ideas fantásticas para mi proyecto! —le dijo Mari entusiasmada.

Mamá asintió con la cabeza. Se veía cansada. —Me alegra oír eso —dijo.

—Voy a necesitar tu ayuda para algunas cosas. ¿Me podrías traer un par de cajas vacías de tu trabajo mañana? Deben ser de este tamaño —dijo Mari midiendo un cuadro imaginario con las manos.

—¡Por supuesto! —respondió Mamá yendo a la cocina.

Mari la siguió. —Tienes que darme dinero para comprar algunas cosas. Ya sé lo que quiero.

—No tengo dinero. —Mamá se secó las manos recién lavadas en el delantal que se había anudado atrás, en la espalda. Se lo dijo mirando a Mari sin ninguna sonrisa que suavizara sus ojos cansados—. El cheque de Papá no ha llegado y tengo que pagar la renta.

Mari estaba decepcionada. Sabía que éste era un asunto sobre el cual no podía discutir y ganar. Papá les enviaba pequeñas cantidades de dinero, pero no siempre lo hacía a tiempo. Después de pagar los servicios, Mamá generalmente estaba corta de dinero por el resto del mes.

Mientras Mamá cocinaba, Mari puso la mesa; luego regresó a su cuarto y se dejó caer en la cama. El celofán y los peces hechos a mano del museo costarían mucho dinero. Tendría que encontrar otra manera.

Pensó en el comentario de la señora Frank respecto a usar materiales naturales. No sería tan caro si encontraba los materiales en el vecindario. Encontrarlos y recogerlos sería divertido. Si usaba arena en el piso de la caja representaría el fondo del mar. ¡Si tan sólo pudiera ir a la playa! Buscando un poco en la playa encontraría muchos materiales para hacer que el trabajo se viera realista.

Abrió el libro sobre cómo hacer modelos y buscó allí. Una sección del libro daba instrucciones sobre cómo hacer figuras de barro. Una medida de harina, una de sal y un poco de agua formaban una masa para modelar. Tal vez podría usar esa masa para modelar las criaturas marinas. Tenía todos los ingredientes en casa. Pero además necesitaba pintura para los peces y el fondo. Y esto requería dinero.

Rompiendo el silencio durante la cena, Mari trajo el tema del diorama otra vez. —Necesito que me lleves a la playa. ¿Podemos ir este fin de semana?

—Mi amor, yo trabajo seis días a la semana. ¿Cómo puedo pasar mi único día libre en la playa? —Mamá la miró amorosamente, pero los ojos se le cerraban. Mari advirtió que estaba cansada.

—Pero, Mamá, necesito recoger algunas cosas para mi proyecto. No nos costará nada. Y tú puedes ayudarme. ¡Nos vamos a divertir!

—¡Ay, Mari! —Eso fue todo lo que dijo mientras tomaba otro bocado de bistec, un delgado filete cubano cubierto con cebolla frita. Por el tono de su voz Mari supo que su madre estaba cediendo.

—Podríamos encontrar arena para el fondo de la caja y algunas conchitas, y algas, y ramitas . . . te prometo que regresamos a la casa inmediatamente. —Miró a su madre con una mirada de perrito huérfano, como diciendo "¿acaso no te doy lástima?"— Tú me dijiste que pensara en alguna forma de hacerlo por mí misma.

Mamá sonrió. —Muy bien, tomaremos un poco de tiempo el domingo en la tarde.

—Hay una cosa más que necesito comprar. Pinturas —dijo Mari, partiendo una pieza de pan cubano—, las venden en tu tienda. No son tan caras, y con tu descuento . . .

Mamá asintió con la cabeza y sonrió. Mari advirtió que estaba cediendo a sus peticiones. —Hay cuatro dólares en mi cartera. Puedes tomar tres. Búscame en la tienda mañana y veremos qué necesitas.

El diorama estaba tomando forma. El administrador de la tienda en donde trabajaba Mamá le dio a Mari una caja resistente que había contenido cajas de galletas. Hasta le ayudó a cortar los lados que no necesitaba.

Mari estaba encantada con las pinturas que había comprado. Aunque el paquete solamente tenía cuatro colores. Mari conocía un truco para mezclarlas y conseguir todos los tonos que necesitaba. Ella pintó un fondo dividido horizontalmente en el cielo, la superficie del agua y los niveles bajo el agua. Usando diferentes tonos de azules y verdes claros, era fácil distinguir el mar del cielo con sus nubes esponjadas y blancas.

El viaje a la playa había sido un éxito. Mari encontró muchas conchitas de colores y cortó pequeñas cantidades de pasto y algas marinas que se habían secado arriba, en la superficie. El entusiasmo de Mari contagió a Mamá, que mantenía la mirada fija en la arena buscando cosas útiles. Mamá descubrió pedacitos de coral y esponjas que se habían lavado en la orilla. Le había dado a Mari un vaso grande de papel para llevar arena. Mari estaba encantada de que Mamá se hubiera tomado el tiempo de ir a la playa y relajarse. Ella se daba cuenta que Mamá se estaba divirtiendo.

Tal vez, después de todo, la señora Graham tenía razón. Hacer dioramas se estaba convirtiendo en algo divertido.

Después de la escuela abrió su casillero y decidió cuáles libros necesitaría para hacer la tarea. Mientras los guardaba en su mochila, Érica y Cathy, las dos chicas de ciencias naturales, llegaron a sus casilleros.

—¡Mi diorama está quedando fantástico! —dijo Cathy—. Usamos papel fluorescente para hacer el agua, y yeso para hacer la orilla. ¡Ya lo verás!

—Mi papá me está ayudando, —dijo Érica—, como siempre lleva una cámara cuando va a bucear. Me dio unas fotos formidables para usar en el fondo. ¡Tal vez debería decir que yo le estoy ayudando a él!

"¡Fantástico!" Pensó Mari. A Érica la está ayudando su padre. Su diorama lucirá perfecto, como si un adulto lo hubiera hecho. Siguió escuchando, fingiendo que estaba ocupada buscando entre los cachivaches de su casillero.

—Mi papá me construyó una caja de madera para poner el diorama —dijo Jake, el niño listo, que ahora se les había reunido en la pared de los casillero—. Mi papá es realmente hábil y tiene muchas ideas. Apuesto a que mi proyecto será muy científico.

—Bueno, mi mamá es artista. También me está ayudando —les dijo Cathy—. ¡Si no me estuviera ayudando, mi diorama se vería muy mal! Yo no soy buena para esas cosas.

Parecía que los papás de todos estaban participando. No era justo. Mari no tenía a nadie que la ayudara a hacer el suyo.

—No, yo tampoco tengo habilidades artísticas, —le dijo Érica a Cathy—. El mío se vería como hecho a mano sin la ayuda de mi papá. Probablemente sólo tendría arena y unas cuantas conchitas.

Mari estaba deshecha. ¡El suyo se veía hecho a mano! Estaba decorado con arena y unas cuantas conchitas, exactamente como Cathy había dicho.

—¿Cómo está quedando el tuyo, Mari? —le preguntó Érica volteando hacia ella.

La pregunta la tomó por sorpresa. Se había quedado pensando tristemente, arrepentida de su elección de materiales y enojada porque su padre no estaba ahí para ayudarla.

—¿Ya empezaste a trabajar en él? —le preguntó Jake.

—Sí. He estado trabajando en él. Está quedando muy bien —dijo Mari con el acento español que marcaba sus palabras, molestándola. Cerró su casillero y recogió su mochila—. Me tengo que ir.

Al siguiente día, la biblioteca de la escuela estaba casi vacía después de las clases. Tímidamente, Mari se acercó a la señora Frank. La bibliotecaria dejó su libro a un lado y la miró por encima de sus lentes de leer.

—¡Hola Mari! ¿Te sirvieron los libros? —preguntó con una sonrisa amable.

—Sí. Gracias. Ya terminé con ellos. —A pesar de que Mari estaba agradecida no lograba sonreír. Estaba muy decepcionada de su trabajo.

—¿Qué decidiste hacer con tu diorama? —le preguntó la señora Frank con interés.

—Estoy usando cosas que encontré en la naturaleza, como usted me dijo. —Mari vio que la cara de la señora Frank se iluminó. Pero Mari no creyó que eso la hiciera sentirse orgullosa.

—Eso me parece una excelente idea —dijo la señora Frank.

—Bueno, me temo que no fue así —dijo Mari con la cabeza gacha—, a todos los demás niños les están ayudando sus padres. Mi madre no me puede ayudar. Difícilmente habla inglés y no entiende lo que la maestra quiere. Mi padre se mudó. Mi diorama se verá como si lo hubiera hecho alguien del jardín de niños.

La señora Frank se quitó los lentes y los puso en el escritorio. Se tomó su tiempo para hablar, y por un momento Mari pensó que no tenía nada que decir. Luego, la bibliotecaria, que hablaba suavemente, preguntó: —¿Por qué no me dices qué materiales has usado?

—Usé arena de la playa para el fondo de la bahía, y reuní algunas conchas y pedazos de coral. —Mari se examinó las uñas nerviosamente—. Para que se vea realista puse pasto seco que crece del fondo del mar. Encontré algunas ramitas que pegué en la superficie para representar un manglar rojo. Las raíces se hunden en el agua salada. Corté hojas pequeñitas de papel de regalo verde y las pegué en la parte alta de las ramitas.

—¡Todo eso suena fantástico! —dijo la señora Frank.

—Ya lo sé, pero los demás están usando pinturas y fotografías elegantes, y hasta cajas de madera en lugar de cajas de supermercado. Mi mamá dice que no tenemos dinero para gastar en cosas así.

—Bueno, no importa qué materiales uses. La maestra se fijará en el cuidado y la dedicación que cada estudiante le pone a su trabajo —dijo la señora Frank, mirando los tristes ojos cafés de Mari—. ¿De qué estás haciendo los animales?

Mari sacó de su mochila una pequeña caja cerrada con una liga. La abrió y sacó de ahí una figura envuelta con un lienzo de algodón. Era un pez pequeño, blanco, sin pintar y delicado.

—Hice esto con masa siguiendo una receta del libro que me prestó. —Mari buscó en la señora Frank una reacción a su trabajo.

La señora Frank puso el pececito delicadamente en su mano. Se volvió a poner sus anteojos para leer y lo examinó. —Le tallaste pequeños círculos para los ojos y delicadas medialunas para las escamas. Hasta rayaste pequeñas líneas del largo de las aletas —dijo la señora Frank, francamente impresionada.

Mari sonrió. —Utilicé un alfiler del costurero de mi madre y tallé las líneas y las curvas cuando la masa estaba blanda. —Mari desenredó algunas figuras y las colocó en el escritorio de la señora Frank.

—Vamos a ver. Hiciste un pez grande y un cangrejo chico. —La bibliotecaria miró las figuras de masa cuidadosamente.

—Bueno, el cangrejito no tiene patas todavía —agregó Mari riéndose del pequeño caparazón blanco en la mano de la señora Frank—. Las voy a hacer con un alambre delgado que encontré entre las herramientas de mi papá. Hasta puedo pintarlas con esmalte de uñas rosa.

La señora Frank asintió con la cabeza y sonrió.

—¡Y este pájaro es precioso! —dijo apuntando a las alas abiertas, pues le dio miedo tomar la delicada figura en su mano.

—Ése es un halcón de mar —dijo Mari orgullosamente—, de los que cazan a los peces cuando vuelan por encima de la bahía. Dejé un techo en la caja para poder colgarlo del cielo.

—¡Tu trabajo es fantástico! —dijo la señora Frank moviendo la cabeza incrédula.

Mari se lo agradeció. Luego se encogió de hombros, todavía insegura de sí misma.

—Bueno, todavía tengo que pintar los animales. Espero que se vean reales cuando los pinte.

La señora Frank abrió el cajón de su escritorio. Tomó una botellita y se la dio a Mari. —Por si quieres poner brillantina en los costados de los peces. Parecerá que el sol del verano se refleja en las escamas.

—¡Gracias! ¡Esto va a quedar muy bien! —Mari agitó el polvo plateado, feliz—. Tal vez lo pueda mezclar con la pintura que use.

La señora Frank la ayudó a envolver las figuras de masa con los lienzos de algodón. —¿Sabes una cosa, Mari? —le dijo la bibliotecaria—, yo no me preocuparía por el trabajo que los demás estudiantes están haciendo. Yo creo que tú estás haciendo un gran trabajo tú sola.

Muy pronto llegó el día indicado. La señora Frank y la señora Graham arreglaron las mesas en la biblioteca para formar un rectángulo grande. Los estudiantes llegaron con sus proyectos esa mañana y los acomodaron ahí para los jueces. Los estudiantes se fueron a clases y regresaron más tarde, después de quc los dioramas fueron examinados y evaluados.

Mari miró a su alrededor. Cada estudiante tuvo una manera diferente de representar la misma idea: el ciclo alimenticio de las criaturas de la Bahía Biscayne. Estaba sorprendida de la variedad de materiales seleccionados para construir los modelos. Algunos usaron pinturas brillantes y fragmentos de papel tisú arrugado. Un estudiante utilizó una tela con una escena de playa como fondo. Mari hasta creyó percibir el olor a pescado en uno de los dioramas. Un diorama estaba encendido con una luz negra que hacía brillar el fondo del mar y sus criaturas. Muchos dioramas mostraban el acabado fino de la mano de un adulto.

Uno de los estudiantes había utilizado el hermoso pez del museo que a Mari le había gustado. Mari lamentó no haber podido hacer un diorama tan bonito como ése.

Mari sabía que su proyecto no impresionaría a los otros estudiantes. A pesar de ello se sentía orgullosa de todo el trabajo que le había dedicado. Se veía como una escena de una bahía real. Había puesto tres peces diamantinos que se comían unos a los otros, con la boca abierta, según su tamaño. Elevó los peces por encima del nivel de la arena con pequeños pedazos de pajitas transparentes. Pero el más pequeño de los tres estaba sostenido con el resorte de una pluma. El más pequeño se balanceaba con el más mínimo roce, como si tratara de brincar fuera del agua para capturar al pequeño cangrejo rosa. El pulido y brilloso cangrejo descansaba sobre una raíz larga del manglar, pacíficamente comiéndose una hoja podrida. Encima quedaban los restos del último alimento del halcón de mar, un pequeño pez muerto, que mostraba sus huesos blancos, colgando de las ramas del manglar. El pájaro volaba en el cielo del diorama, suspendido de un cordel para pescar. Parecía cazar al mayor de los tres peces de abajo.

De lo que carecía su diorama, pensó Mari desilusionada, era ese algo que capturaba la atención: la suavidad y el brillo que daban los materiales comprados en la tienda. Cualquiera podía darse cuenta del poco dinero había gastado. Estaba contenta de que los proyectos se presentaran en la biblioteca. A ella no le gustaría tener su diorama todo el día en el salón de clases, para que todos preguntaran de quién era ese diorama casero.

Más tarde, durante la clase de ciencias naturales, la señora Graham dijo que irían a la biblioteca a conocer el fallo de los jueces. Los estudiantes estaban inquietos. Hablaban entre ellos en pequeños grupos acerca de lo mucho que habían trabajado en sus dioramas. Algunos reconocían cuánta ayuda habían recibido de sus padres.

—Mi papá compró carnada de pescar y cortó los ganchos —dijo Jack detrás de ella—. ¡Estoy seguro de que el mío es el mejor!

Mari no podía decidir cuál era el mejor. Había muchos y muy bonitos. Una cosa sí sabía, que el suyo no obtendría ningún listón. Después de todo, ella no había recibido ayuda de ningún adulto, y se notaba.

Cuando entraron a la biblioteca, el señor Sims, la asistente de la directora, y el entrenador Davis estaban de pie al lado del escritorio de la señora Frank. Estaban arreglando los listones para los dioramas premiados. Mari adivinó que ellos eran los jueces.

Los estudiantes se reunieron en torno a tres lados del rectángulo formado por las mesas. Los jueces se colocaron en un extremo.

—Estoy impresionado con el excelente trabajo que veo en las mesas —dijo el señor Sims, sonriendo y observando cada una de las caras de los estudiantes—. Algunos de los trabajos muestran mucha reflexión y planificación. Han hecho muy difícil nuestro trabajo como jueces de sus dioramas, pero no nos estamos quejando de eso. —Los estudiantes se rieron cautelosamente y movieron los pies. El señor Sims continuó—: Algunos proyectos merecen un reconocimiento especial. Los hemos premiado con un listón verde de Mención Honorífica, que ya está colocado en los dioramas que se lo ganaron.

Todos los estudiantes buscaron con los ojos alrededor del cuarto para localizar su diorama. Algunos sonrieron orgullosamente cuando encontraron el listón de satén verde sujeto a su trabajo. Mari miró el suyo. No vio un listón.

—Tres proyectos se distinguen del resto por la detallada atención que le dedicaron al tema estudiado en la clase, y por los detalles utilizados en la presentación.

El señor Sims señaló con la cabeza al entrenador Davis, quien tomó un listón blanco, muy adornado, del escritorio.

—El tercer lugar es para Pam Morris —anunció el señor Sims.

La chica rubia caminó hacia el entrenador Davis para recibir su premio. Su rostro pálido y pecoso, se tornó rosado cuando recibió el listón y dio las gracias.

—El segundo lugar es para Jeff McIntosh, —dijo el señor Sims.

Los amigos de Jeff lo codearon jugando mientras se dirigía a recibir su listón rojo. El entrenador Davis estrechó su mano con el chico de pelo rizado.

Mari se encogió de hombros. Ella no obtendría ningún reconocimiento por su diorama. Tal vez era mejor así, nadie sabría cuál era el suyo. Podría regresar por su proyecto después de la escuela, cuando ya todos se hubieran ido.

—El honor más alto . . . —Mari casi no oyó cuando el señor Sims lo dijo— . . . es para alguien que trabajó duro para representar el ciclo alimenticio de la Bahía Biscayne en un modo muy realista. El proyecto parece una versión en miniatura de lo que ocurre en la naturaleza. Muy pocos de los materiales utilizados en este modelo son hechos por el humano. Este proyecto demuestra que utilizar la cabeza y nuestras propias manos es más gratificante que pedir ayuda.

"Por favor, termine esta agonía", pensó Mari, "quiero regresar al salón de clases antes de tener que mostrar mi diorama a alguien".

El señor Sims continuó. —El primer lugar es para Mari Espina.

Mari regresó bruscamente a la biblioteca, como si saliera de un sueño. Había oído mencionar su nombre. Ahora el señor Sims la miraba de frente, sosteniendo un listón largo, azul, de vuelos.

Los compañeros quedaron boquiabiertos. El cuarto rompió en un aplauso. Algunas manos la alcanzaron y la empujaron suavemente hacia adelante. La señora Graham tenía una gran sonrisa. Los labios de la señora Frank se curvaban felizmente como si le hicieran un guiño a Mari.

Mari caminó hacia el frente y le dio la mano al señor Sims y al entrenador Davis.

—¿Cuál es tu diorama? —oyó Mari que alguien le preguntó.

—Sí, lo quiero ver —dijeron otros.

Mari caminó hacia su proyecto y le prendió el gran listón azul a un lado de la caja de cartón.

—¡Es muy realista! —dijo Cathy.

—¡Miren los materiales que utilizó! —exclamó Érica, francamente impresionada.

La señora Frank trajo su cámara. —Párate cerca de tu diorama y sostén el listón —le pidió a Mari.

—Estoy segura que van a poner tu foto en el tablero de anuncios de la biblioteca. Todos la van a ver cuando vengan —comentó Liz.

—Mejor que eso —agregó la señora Graham—, tendremos el diorama en exhibición por un mes, aquí, en la biblioteca.

—¿Me lo puedo llevar a casa hoy para mostrárselo a mi madre? Prometo traerlo mañana.

—Claro, querida. Pero ahora quiero ver una sonrisa muy grande —dijo la señora Frank, mirando a través del lente de la cámara.

Mari no podía ocultar su orgullo. Una sonrisa satisfecha se dibujó en su cara.

—¡Mamá, mira! ¡Mira lo que me gané! —le dijo Mari, muy feliz. Había estado controlando su em0ción desde que llegó a la casa y ahora corrió a la puerta cuando su madre entró al apartamento. —¡Me gané un listón por mi proyecto! —Mari sostuvo el listón contra su pecho de manera que los largos vuelos azules colgaran hasta la cintura.

Mamá alcanzó el listón de satén y lo acarició con los dedos. —¡Está muy bello! ¡Felicidades! —le dijo a su hija, y le sonrió amorosamente.

—Lee lo que dice —le pidió Mari.

En su mejor inglés, Mamá leyó lentamente: —Primer lugar.

—Dijeron que el mío fue el mejor —dijo Mari muy emocionada—. Hubieras visto los otros dioramas. Eran muy bonitos. ¡Pero dijeron que el mío era el mejor!

—Bueno, no estoy sorprendida, mi amor —dijo Mamá—. Trabajaste muy duro todas las noches y resultó perfecto.

—La señora Sims le dijo a todos que se notaba que yo había trabajado en el proyecto sin recibir ayuda. —Mari tomó un respiro y vio la reacción de su madre. Mamá sonrió y asintió—. ¿Sabes qué,

mamá? La señora Sims se equivocó. Claro que recibí ayuda.

—No sé cómo, mi amor. Trabajaste sola en esta mesa todas las noches —dijo Mamá, colocando su bolso en la mesa de la cocina.

—Bueno, Mamá —dijo Mari tiernamente—, tú me diste la mejor ayuda que alguien puede recibir. Me dijiste que tenía que resolver las cosas por mí misma.

Los ojos de Mamá se llenaron de lágrimas. —Me hubiera gustado ayudarte más.

—Pero, Mamá, ésta es la clase de ayuda que necesitaba. Necesitaba darme cuenta de que yo podía hacerlo sola.

—Estoy orgullosa de ti.

Mamá no necesitaba decírselo. Mari ya lo sabía. Mamá la abrazó. —Vamos a tomarte una fotografía, a un lado de tu diorama. En tu próxima carta a Papá se la puedes enviar y contarle todo acerca de tu proyecto y de tu premio.

—Sí —dijo Mari, sonriendo feliz—. ¡Te apuesto que él también estará muy orgulloso de mí!

Opción múltiple

Chari no sabía si estar orgullosa o asustada. Cuando una chica de catorce años es llamada a la oficina de la directora Hill, puede ser para premiar su trabajo o para hacer la temida llamada telefónica a los padres de uno y contarles la última fechoría. Chari nunca había dado motivo para que la directora llamara a sus padres, lo cual era bueno, ya que ellos hablaban muy poco inglés y la directora no sabía nada de español. Chari siempre recibía excelentes notas de buena conducta. Y respecto a sus calificaciones tenía sobrados motivos para estar orgullosa. Así que se preguntaba mientras iba de prisa por el pasillo, para qué la habrían sacado de la clase de historia.

—¿A dónde vas tan de prisa? —le preguntó su amiga Lindy, que estaba de pie en un banco junto a los casilleros.

—La directora quiere verme —dijo Chari mientras se apuraba hacia la oficina.

—¿Tienes problemas? —le preguntó Lindy. Su cabello largo y rubio volaba hacia atrás mientras corría para mantener el paso de Chari.

—No sé. No he hecho nada que no deba.

—Te apuesto que alguien anotó tu nombre cuando el pleito estalló en la cafetería ayer.

—Espero que no. Yo no tuve nada que ver con eso. —Chari abrió sus ojos cafés de par en par.

Lindy sonrió y le hizo un guiño de complicidad a su amiga. —¡Desde luego que sí! ¡Tu bello pelo color miel atrae a Mike y a sus amigos como abejas zumbadoras! Es por eso que los chicos se reunieron con nosotras para almorzar.

—Yo no le pedí a él ni a sus amigos que se sentaran con nosotras. —Chari se encogió de hombros, pero se sentía secretamente feliz al escuchar eso. Mike era realmente guapo—. Además, nosotras nos fuimos en cuanto empezó.

—Ya lo sé. Nosotras no queremos tener nada que ver con esos juegos infantiles. —Lindy se detuvo en la puerta de su salón de clases—. ¡Buena suerte! Cuéntame lo que pase.

Chari siguió por el amplio pasillo que conducía a la oficina de la administración. Respirando fuerte se detuvo ante la entrada de dos puertas color azul brillante. No estaba segura si se sentía agitada por el paso rápido que llevaba, o por los nervios que ahora la dominaban.

Lindy, Meg y Lisa eran sus nuevas amigas. A pesar de que deseaba ser parte del popular grupo de chicas americanas, apenas recientemente había sido incluida. Tal vez ellas reconocían su habilidad atlética, o tal vez era su perfecta pronunciación del inglés lo que le ayudaba a mezclarse; no estaba segura. Solamente quería que ellas fueran sus amigas porque parecía que siempre se divertían.

Chari no consideraba menos a sus amigas cubanas Isabel y Cristi. Ellas habían compartido y entendido todos sus miedos y su lucha en un país nuevo. ¡Pero este grupo nuevo era divertido, y muy popular con los chicos!

Los chicos se habían reunido con las chicas populares durante el almuerzo el día anterior. Para presumir, empezaron a arrojar chícharos y zanahorias a otros chicos en las mesas próximas. Chari salió de la cafetería inmediatamente. A ella no le gustaba meterse en problemas.

Le diría a la señora Hill la verdad. A Chari nunca la habían señalado sus maestros por mala conducta. Nunca había sido llamada a la oficina de la directora por algún problema. La señora Hill entendería.

Respiró profundamente y abrió la puerta azul de la derecha. Las luces brillantes y el mobiliario escueto de la oficina le hicieron sentir que estaba entrando a un interrogatorio. Chari se estremeció.

La secretaria de la oficina le pidió que esperara. Y la señora Hill apareció en la puerta algunos minutos más tarde.

—Buenos días, Chari. —Su sonrisa era cálida—. Entra y platiquemos.

Chari se puso de pie y la siguió. Sentía que sus pies eran de plomo. "Ésta es mi última oportunidad para escapar" pensó. "Todavía puedo huir". Sin embargo, lo pensó dos veces.

La señora Hill le ofreció una silla. —He estado observando tu trabajo, —dijo la señora Hill rompiendo el silencio.

Chari apretaba las manos en el regazo. Sus nudillos estaban blancos.

—Tus calificaciones son muy buenas. Tus maestros dicen que tú eres una de sus mejores estudiantes. —La señora Hill hizo una pausa; miraba a Chari a través de sus anteojos de armazón rojo.

Con toda seguridad, la señora Hill se estaría preguntando cómo era que tan buena estudiante estaba involucrada en el pleito de la comida. Chari sintió una oleada de calor que le subió hasta las orejas.

—El pasado diciembre —continuó la señora Hill—, los maestros eligieron a los estudiantes más destacados por sus calificaciones y su conducta. Estos estudiantes iban a formar parte del Programa de liderazgo. Tú fuiste una de las nominadas. ¿Lo recuerdas?

—Sí, señora —dijo Chari. Tenía la boca seca. Le habían dicho del programa el diciembre pasado, pero aún no le habían pedido nada, y ya era febrero.

—Tengo una misión delicada que quiero poner en tus manos. Este trabajo requiere entendimiento. Requiere a una persona paciente, una estudiante que sea sensible a las necesidades de los demás. —La señora Hill se ajustó los espejuelos de manera que descansaran en la parte alta de la nariz—. Te he elegido a ti porque sé que harás un buen trabajo.

Chari asintió aliviada. La visita a la oficina de la directora no era a causa del pleito de la comida. No había ningún problema. Se sintió más tranquila.

—Una estudiante de otra escuela ha llegado. Ella va a necesitar ayuda adaptándose y poniéndose al corriente con las clases. Como parte del Programa de liderazgo te pido que seas su asistente. Muéstrale dónde son sus clases; cómo funcionan las cosas en nuestra escuela; acompáñala en el almuerzo. En pocas palabras, quiero que seas su amiga.

—¡Claro que sí! —Chari se encogió de hombros inspirándole confianza a la señora Hill.

—Éste es un pase permanente —le dijo la directora dándole a Chari un rectángulo de plástico rojo con la palabra "Pase" realzada. Por atrás, una nota de papel decía: *Chari López, Salón de clases*

9-12. Con él puedes salir de clase cuando tengas que ayudarla.

Chari sonrió; esa parte del trabajo le agradó.

—La nueva chica no habla mucho inglés. Tendrás que ayudarla con el idioma.

—Está bien. Usted sabe que yo también hablo español. —La voz de Chari destellaba entusiasmo.

La señora Hill movió la cabeza lentamente. —Bueno, Yvette no habla español tampoco. Ella habla criollo. Es de Haití y no ha vivido en Miami por mucho tiempo.

—Pero, señora Hill, yo no hablo criollo, sé que es como el francés, pero tampoco hablo francés. —De pronto Chari sintió miedo del difícil trabajo que le habían asignado.

—Tú sabrás qué hacer. Confío en tus habilidades. —La señora Hill se puso de pie, abrió la puerta y le hizo una seña a su secretaria.

En unos minutos apareció una chica de color, de baja estatura. Su pelo oscuro estaba peinado en una colita de caballo corta que se abría en una ráfaga de tirabuzones. Sus grandes ojos redondos se iban ligeramente hacia el centro. La punta de su nariz ancha apuntaba hacia arriba, dándole una apariencia juvenil difícilmente a tono con el noveno grado.

—Quiero presentarte a Yvette Pierre, tu nueva amiga —dijo la señora Hill poniendo sus manos sobre los hombros de la chica haitiana. Luego, hablando lentamente para hacerse entender continuó—, Yvette, ella es Chari López. Chari te ayudará a conocer nuestra escuela.

Una sonrisa tímida cruzó lentamente el rostro de Yvette.

Chari también sonrió. Parecía ser una chica dulce. Chari se preguntaba cuánto inglés entendía la chica.

—A pesar de que esta tarea es sólo por algunas semanas, espero que las dos sean amigas por mucho tiempo. Avísame si necesitas mi ayuda. —Con eso la directora encaminó a las chicas a la puerta de la Administración.

Chari e Yvette salieron al amplio pasillo. Se miraron una a la otra en un silencio embarazoso. Chari no estaba segura de qué hacer después, ni siquiera de cómo hablarle a Yvette. Temía que no le entendiera. Pensó que Yvette necesitaba saber dónde eran sus salones de clase.

—¿Tienes una lista de tus profesores? —preguntó Chari pronunciando cada palabra con cuidado y lentamente. Al mirar la expresión en blanco de la chica replanteó la pregunta: ¿una lista de tus clases?

—¡Ah! ¡Sí! —La cara de Yvette se iluminó. Buscó en su cuaderno, que era de un color brillante, y tomó dos pedazos de papel. —Para ti —dijo, dándole uno a Chari—; para mí. —Sonrió y miró el papel que tenía en la mano.

Chari volteó a ver el reloj en la pared y se dio cuenta que Yvette debería estar en su primera clase del día, Matemáticas, salón 103.

—Ven conmigo, te llevaré a esta clase. —Chari apuntaba a la línea correcta en el papel que sostenía Yvette.

Caminaron por el pasillo en silencio. Chari volteó a ver a Yvette varias veces y le sonrió, pero no habló. No le quería hacer las cosas difíciles a la chica nueva con una conversación sin sentido, que tal vez no entendería. Chari aún recordaba su propia lucha, al principio, cuando llegó de Cuba. Había sido doloroso nadar en un mar de extraños y no entender lo que decían.

Cuando llegaron a la puerta del salón, Chari apuntó hacia el número arriba de la puerta. —¿Lo ves? Uno, cero, tres. —Tomó el dedo de Yvette y repasó los mismos números escritos en su horario.

—Uno, cero, tres —dijo Yvette en inglés, con un acento que se oía fuertemente francés.

—Matemáticas —dijo Chari buscando en la cara de la chica una señal de entendimiento.

—Sí, mate —sonrió Yvette.

—Muéstrale esto a tu profesor —dijo Chari, apuntando el horario.

Yvette asintió con la cabeza.

—Cuando la campana suene —dijo Chari lentamente—, espérame aquí.

—Señaló el espacio en el suelo, donde estaban de pie.

—Sí, te espero. —Los ojos de Yvette estaban muy abiertos. Chari pensó que tenía ojos de miedo—. Gracias Ch-a-r . . .

Como Chari vio que Yvette tenía problemas pronunciando su nombre, tomó el lápiz de la mano de la chica. Deletreó su nombre en el cuaderno de Yvette y pronunció claramente "Chari".

—Chari —repitió Yvette.

—Me esperas aquí, ¿está bien?

—Muy bien.

Chari la dejó y se dirigió a su propia clase. A medio pasillo se volteó y vio que la nueva chica no había entrado al salón todavía. Tal vez Yvette no había entendido lo que Chari dijo y la estaba esperando ahora. Pero con una mirada más atenta vio que los ojos negros de Yvette estaban cerrados, y que sus manos estaban unidas como para orar. Luego la chica abrió los ojos y tomó la perilla de la puerta. Al ver que Chari la miraba, la saludó agitando la mano antes de entrar al salón.

Después de cada clase, Chari se apuraba para llegar al lado de Yvette y mostrarle el camino a la siguiente clase. Ahora ella se escurría entre el grupo de estudiantes que circulaban por los pasillos para encontrarse con Yvette a la hora del almuerzo.

—¡Aquí estás! —Lindy la tomó del codo y la obligó a pararse.

—No hemos hablado en todo el día. Has andado de prisa después de cada clase —dijo Meg.

—Bueno, ahora también tengo prisa —le dijo Chari a sus amigas—, tengo que encontrarme con alguien.

Lindy dijo en voz alta —¿la directora?

Chari movió la cabeza riendo. —No, no estoy en problemas. La señora Hill quiere que ayude a una estudiante nueva. La voy a ver para almorzar con ella. Ahora mismo.

—¿Vas a almorzar con la directora? —preguntó Meg haciéndose la sorprendida. Meg y Lindy estallaron en risas.

—¡Ustedes dos son imposibles! —dijo Chari. Su risilla era contagiosa y no pudo impedir reírse con ellas—. Voy a almorzar con la chica nueva.

—Bueno, vámonos. Nosotras vamos a la cafetería. —Lindy le hizo un espacio a Chari entre ella y Meg. Las chicas empezaron a caminar.

Chari se despidió de ellas. —Allá las veo. Tengo que reunirme con la chica en su clase. No conoce este lugar.

Yvette sonrió ampliamente cuando vio que Chari se acercaba.

—¿Pensaste que te había olvidado? —Chari la alcanzó y avanzaron hacia la cafetería.

—¡Oh no! Yo sé que tú no olvidas —dijo Yvette con una sonrisa de confianza.

Por medio de preguntas breves, que le hizo durante el día, Chari se dio cuenta que Yvette conocía algunas palabras básicas en inglés, las cuales pronunciaba con una tonadita nasal francesa. A Chari le gustaba el sonido, aún cuando en ocasiones tenía problemas para entender lo que la chica quería decir.

Cuando Chari abrió la puerta de la cafetería las recibió ese olor a comida caliente que hace agua la boca. También las voces altas y las risas de cientos de niños libres para almorzar.

—¿Tienes hambre? —preguntó Chari.

—Sí. Tengo mi comida. Tengo dinero para la leche. —Los ojos redondos y negros de Yvette preguntaban—. ¿Me dices cómo comprar leche?

Se pararon al final de la cola de los estudiantes hambrientos, cada uno con una bandeja y una servilleta. Los chicos delante de ellas daban fuertes gruñidos, retándose entre ellos para ver quién hacía el ruido más desagradable. Se oía como si hubieran soltado una manada de lobos. Chari miró a Yvette y movió la cabeza. Yvette le respondió con una sonrisa amplia. Sus blancos dientes destellaban como coco freso.

—¿Tienes hermanas? —le preguntó Yvette cuando se sentaron a almorzar.

—No, no tengo hermanas. Tengo un hermano menor.

—¡Yo tengo dos hermanos! —dijo Yvette, feliz de descubrir que tenían algo en común—. Son chicos. ¿Cómo dices? Más joven . . .

—Más jóvenes —dijo Chari para ayudarla.

—Hermanos, no bueno. No son divertidos. ¿Una hermana? ¡Eso es divertido! No tengo una hermana también.

Chari se rió. Ella también pensaba lo mismo. Su hermanito era una plaga.

Chari miró a Mike de reojo. Sintió una onda cálida que le subía a la parte de atrás del cuello. La saludó con un gesto de la mano cuando pasó cerca de ella, camino a la mesa de sus amigas, Lindy, Meg y Lisa. Chari lamentó no ser parte del grupo en ese momento. Parecía que se divertían bastante.

—¡Chari! Ven a sentarte con nosotros. —Gritó Meg desde el otro lado del salón.

—Hoy no. —Chari saludó con la mano a sus amigos. Sabía que Yvette necesitaba atención su primer día en la escuela. Estaba bien que pasara algún tiempo con ella.

—¿Ellos son tus amigos? —preguntó Yvette—. Ve con ellos, si quieres.

—No; estoy bien aquí. Quiero pasar tiempo contigo. —Chari temía que Yvette leyera sus verdaderos sentimientos. En verdad quería reunirse con sus amigos, pero se quedó porque había decidido pasar tiempo con la chica nueva.

Durante los días siguientes, Chari se reunió con Yvette para almorzar. Ya no necesitaba encaminarla a sus clases. Ahora Yvette sabía adónde iba.

Los amigos de Chari continuaron insistiendo en que se reuniera con ellos para almorzar. En ocasiones sentía que se estaba perdiendo toda la diversión cuando los veía desde la distancia. Pero Yvette no tenía muchos amigos todavía. El inglés aún era muy difícil para ella, así que Chari acompañó a Yvette.

Chari ayudó a Yvette con su idioma nuevo. Recordó la época en la que ella estaba estudiando inglés. Había sido difícil y también había sentido miedo, por eso se sentía bien al ayudar a alguien que estaba pasando por esos momentos difíciles.

La señora Hill había depositado una gran responsabilidad en las manos de Chari, y ella quería demostrarle que podía hacer el trabajo. Pero cuando Lindy, Meg y Lisa saludaron a Chari desde su mesa nuevamente, Chari decidió pedirle a Yvette que se reuniera con ellos.

—Acompáñame, quiero que conozcas a mis amigos. —Chari levantó su bandeja con comida de la mesa.

Los ojos de Yvette se abrieron mucho. —¿Tú crees que van a entender mis palabras en inglés?

—Claro, tú estás aprendiendo muy rápido, —respondió Chari esperando que ella la siguiera—. Yo creo que ya es tiempo de que practiques con otros. Así tendrás nuevos amigos.

—¡Aquí viene! —gritó Lindy—. ¡Por fin se junta con nosotras!

Las chicas hicieron un espacio para que se sentaran Chari e Yvette.

—¿Quién es tu amiga? —preguntó Lisa, agitando su cajita de leche antes de abrirla.

—Ella es Yvette —respondió Chari mientras sacaba una silla—. Yvette, te presento a mis amigas Lindy, Meg y Lisa.

—Hola Yvette —dijeron todas al mismo tiempo.

Yvette les sonrió tímidamente a las amigas de Chari.

—Yvette está aprendiendo inglés. Es nueva en la escuela. —Chari abrió su cajita de leche y metió una pajita.

—¿De dónde eres? —Lindy se hizo hacia delante para ver a Yvette.

—Soy de Haití —dijo Yvette pronunciando cuidadosamente cada palabra.

Lisa le ofreció a Yvette tostaditas de maíz de una bolsa abierta. —¿Te gusta nuestra escuela?

Yvette puso cara de no entender. Después de un momento alcanzó la bolsa que le ofrecían. —Sí, éstas me gustan. Gracias.

Las chicas se quedaron calladas avergonzadas. Yvette había mal interpretado la pregunta.

Chari la ayudó a salir de ese aprieto. —Lisa quiere saber si te gusta nuestra escuela —explicó Chari cuidadosamente.

—¡Ah, sí, me gusta! —respondió Yvette con una sonrisa.

—¿Te va bien en las clases? —preguntó Meg.

Cuando Yvette buscó a Chari con la mirada para que le ayudara, Meg le preguntó de otra manera. —¿Entiendes a los profesores?

—Algunas veces entiendo —dijo finalmente Yvette.

—Chari, tenemos entrenamiento de sóftbol después de las clases mañana, —le recordó Lindy dándole una mordida al sándwich.

—¿Ya tenemos a toda la gente que necesitamos para el equipo? —preguntó Chari.

—Sí, hasta tenemos a algunas chicas esperando una oportunidad para entrar a nuestro equipo, —agregó Lindy con la boca llena.

—¡Estamos jugando muy bien! —Le aseguró Lisa a todos.

—¡Vamos a ser las mejores! —Meg brincó emocionada.

—¿Qué es un equipo? —le preguntó Yvette en voz baja a Chari mientras las otras chicas hablaban.

—Es un grupo de chicas que juegan sóftbol juntas —explicó Chari.

Una bolsa de papitas fritas circuló. Cada una de las chicas tomó una, luego esperaron para morderla al mismo tiempo; las papitas se rompieron en la boca de cada una con un crujido sonoro. Las chicas rieron festejando su habilidad musical.

Yvette miraba al grupo. Sonreía insegura, preguntándose qué las había hecho reír.

—Debes venir al campo de deportes a vernos alguna vez —dijo Meg volteando a ver a Yvette.

Yvette asintió con la cabeza, pero no había una señal de entendimiento en sus ojos negros.

—¡Ah, Chari! El equipo está organizando una fiesta en la playa —dijo de pronto Lindy.

—¡Eso suena muy bien! Estoy ansiosa por tomar algo de sol —dijo Chari elevando la voz, contenta.

—Mike y sus amigos también van a ir —dijo Meg pronunciando las palabras lentamente. Lisa y Meg le guiñaron un ojo a Chari, que sintió que se le encendían las mejillas.

Chari encogió los hombros. Le gustaba Mike, pero no iba a permitir que nadie se diera cuenta de lo que sentía. Se burlarían de ella para siempre.

—Quiero que vengas a mi fiesta de cumpleaños, —le anunció Yvette cuando caminaban de regreso a la clase.

—¿Vas a cumplir años? ¿Cuántos?

—Voy a cumplir quince años —dijo Yvette levantando la cabeza orgullosamente.

—¡Ah! Yo acabo de cumplir catorce —dijo Chari mirando cuidadosamente a Yvette, que era más pequeña en comparación con ella.

—Tú eres más alta —dijo Yvette con sorpresa—. Cuando empecé la escuela en este país, Manman dijo que era mejor si yo me quedaba en el mismo año. Dijo que de esa manera sería más fácil aprender inglés.

—Sí, ya lo sé. Algunos de mis amigos cubanos repitieron año por la misma razón. Yo creo que yo no tuve que hacer eso. Aprendí inglés muy rápido.

—Manman quiere conocerte. Yo le dije todo de ti. Ya sabe que eres una chica muy buena.

—¡No debiste haberle dicho eso! ¡No soy tan buena! —le dijo Chari empujándola suavemente y riendo.

—Me va a hacer un pastel para mi cumpleaños. ¿Vas a ir?

—¡Claro! Sólo avísame cuándo es y ahí estaré.

—Mi fiesta es el domingo a las dos de la tarde, —dijo Yvette sonriendo orgullosamente—. Estoy contenta porque vas a ir. Quiero que mi familia te conozca.

Después de las clases Chari y Lindy fueron a las tiendas. Chari quería comprarle un regalo de cumpleaños a Yvette. Le preguntó a Lindy qué pensaba de una camiseta azul brillante con un dibujo veraniego al frente.

—Me encanta, estoy segura que a Yvette le va a gustar también —dijo Lindy, frotando la tela de algodón entre los dedos—. Si a ella no le gusta me la puedes comprar a mí.

—¿Sí? ¡Cómo no! ¡Tu cumpleaños será dentro de seis meses! —Chari observó divertida a su amiga, que se reía de su propio chiste.

—Siempre tengo una buena razón para recibir regalos. —Con el dedo apuntó hacia su cabeza simulando concentración—. ¿Qué tal el Día nacional del mejor amigo? Va a llegar muy pronto, ya sabes.

Chari soltó la risa y agitó la camisa enfrente de la cara de Lindy. —¡Ay, cállate! No hay tal cosa. Vamos, se supone que me vas a ayudar a decidir.

—Ya te dije. Me gusta la camiseta —respondió Lindy alzando las manos como anonadada porque Chari le preguntó de nuevo.

—A mí también me gusta. Me recuerda un día soleado en la playa —dijo Chari pasando los dedos por encima del diseño.

—¡Ah! Qué bueno que dijiste eso. La fiesta en la playa es este fin de semana. Todo mundo va a ir. ¡Va a estar muy buena!

—¡Ya me dan ansias! Compré un traje de baño que me encanta —comentó Chari muy contenta.

—Más vale que te lo pongas, porque Mike va a estar ahí . . . —Lindy le picó suavemente en las costillas a Chari—. Me dijo que me asegurara de que tú fueras.

—¡No es cierto! ¿Dijo eso? —Chari sintió que la sangre le corría muy rápido.

Lindy se rió de la cara de felicidad que puso Chari. —Mi mamá nos va a llevar. Te vamos a recoger el domingo a las dos.

Repentinamente la cara de felicidad de Chari tomó un gesto de incredulidad. —No puedo ir.

—¿Cómo que no puedes ir? ¡Ésta será la mejor de todas las fiestas en la playa! —insistió Lindy.

—Ésa es la fecha de la fiesta de cumpleaños de Yvette —dijo Chari con pesar.

—Bueno, entonces dile que surgió otra cosa —propuso Lindy alzando los hombros con indiferencia, como si ya hubiera resuelto el problema.

—No puedo hacer eso. Ya le dije que iría. —Chari agitó la cabeza.

—¿Así que ahora nos vas a dejar por tu nueva amiga? —Lindy se llevó las manos a la cadera—. Últimamente, desde que empezaste a juntarte con ella, casi no has estado con nosotras en la escuela.

—Hasta este momento yo soy su única amiga. ¿Cómo voy a dejar de ir a su fiesta de cumpleaños? —Chari le suplicaba que la entendiera.

—Yo creo que está difícil —afirmó Lindy al tiempo que pateó la pata de la góndola de la ropa—. Tienes que inventar algo. ¡No te puedes perder la fiesta en la playa!

—No sé. Voy a pensar en algo. —Decepcionada, Chari caminó con la camiseta hacia la caja registradora—. Vamos a pagar esto y nos vamos a la casa.

—¡Chari! —la llamó Yvette alcanzándola. Chari estaba en su casillero, el jueves después de la escuela—. Yo te llevo, ¿sí?

—No voy a la casa, —respondió Chari mientras seleccionaba unos shorts y una camiseta en el desorden que tenía en el casillero—. Tenemos un partido de sóftbol.

—¡Oh! —La sonrisa de Yvette desapareció. Bajó la mirada hacia el cuaderno que llevaba en las manos.

Chari buscaba su guante, pero no dejó de percibir la mirada de desilusión en la cara de Yvette. Chari sabía que tenía que invitar a Yvette. Tal vez así haría otros amigos.

—Vamos a jugar en el campo de la escuela. Sólo es un entrenamiento con mis amigas. ¿Te gustaría venir a ver?

—Sí. —Los oscuros ojos de Yvette brillaron de nuevo.

Chari guardó sus libros y cerró la puerta de su casillero haciendo un fuerte sonido metálico. Caminaron a lo largo del pasillo vacío hacia el baño de las chicas.

—Me tengo que poner ropa adecuada para jugar —le explicó Chari a Yvette—, ¿me cuidas el guante?

—Sí, yo espero. —Yvette sonreía. Estaba recostada en la pared mientras esperaba a Chari, que había entrado al baño. Yvette inspeccionaba el guante de piel.

—¿Sabes jugar sóftbol? —le preguntó Chari desde atrás de la puerta.

—¿Qué es sóftbol?

—Es como el béisbol, pero la pelota es más grande y más blanda.

—¡Ah, sí! Yo juego con amigos en Haití. Soy buena. —Yvette lo dijo con orgullo, riéndose.

"Tal vez podría ser un elemento fuerte en nuestro equipo", pensó Chari. Y considerando que Yvette necesitaba una oportunidad para hacer otros amigos, le dijo—: Tal vez puedes intentar jugar en nuestro equipo. ¿Te gustaría?

—¿Qué es intentar? —Los ojos redondos de Yvette cuestionaron a Chari cuando salió con la ropa sucia.

—Eso es cuando le demuestras a los otros qué tan bien puedes jugar.

—Puedo hacer eso. Sé cómo pegarle a la pelota. Y corro rápido también. —Yvette había metido la mano en el guante y lo abría y cerraba.

—¡Fantástico! —dijo Chari tomando de vuelta el guante—. Siempre podemos tener otra buena jugadora en el equipo.

Ignorando las palabras de burla de los chicos cuando salió al campo de juego, Chari lanzó su uniforme escolar en las gradas. Corrió hacia Lindy y Meg. —Yvette dice que es una buena jugadora. ¿Por qué no la dejamos que lo intente?

—Ya tenemos todas las jugadoras que necesitamos, —aclaró Meg golpeando el centro del guante con el puño desnudo.

—¿Ya le dijiste que no puedes ir a su fiesta de cumpleaños? —le preguntó Lindy en voz baja.

—No, no he hablado con ella de eso todavía, —respondió Chari sin poder mirar a su amiga a los ojos—. Si es buena jugadora podríamos tenerla en nuestro equipo —insistió Chari cambiando rápidamente el tema.

—¿Sabe suficiente inglés como para seguir instrucciones? —preguntó Lindy mirando a la chica, que estaba parada junto a la ropa de Chari, del otro lado de la cerca de alambre.

—Claro que sabe. Y si algo no sabe, ya se las arreglará. Así es como aprendes otra lengua.

—Muy bien, le vamos a dar una oportunidad —les dijo Lindy encogiéndose de hombros—. ¡Que le presten un guante y que se vaya a segunda base!

Chari corrió hacia Yvette. —Aquí está mi guante; quieren que vayas a segunda base. —Palmeó a Yvette en el hombro. Luego, mirando hacia abajo se fijó que Yvette usaba zapatos negros de piel—. Yo creo que tus zapatos son muy elegantes para esto.

—Sí. Voy a jugar sin zapatos. —Se quitó los zapatos y los colocó, uno junto al otro, en las gradas, cerca de sus libros. Luego, sonriendo, fue a tomar su lugar.

La primera chica que bateó le pegó a la pelota. Corrió a primera base mientras las otras lo celebraban. Le lanzaron la bola a Lindy, que tenía el turno de picheo.

Agarrada del alambrado, Chari observaba desde atrás de la almohadilla de bateo. Mike y sus amigos se sentaron en las gradas, celebraban y se burlaban de cada movimiento de las chicas.

La siguiente bateadora dejó pasar el primer lanzamiento. —Bola, —dijo el chico que hacía de árbitro.

Lindy vigilaba a la chica de la primera base, que tenía un pie en la almohadilla y se inclinaba lista para correr. La chica rubia y alta practicaba batear.

Lindy esta vez le lanzó una bola limpia. El bate encontró la bola con un sonido fuerte y limpio. La pelota voló hacia el centro del campo, muy alto, para que Lindy la atrapara.

—¡Agárrala! —le gritaron a Yvette las compañeras del equipo. Los espectadores gritaron entusiasmados. Yvette corrió tras la pelota y estiró el brazo para atraparla. La bola tocó la punta del guante y continuó su vuelo más lejos. Yvette la siguió hasta afuera del campo.

Chari se enganchaba con los dedos, fuertemente, a la malla de alambre. Quería que Yvette se regresara y cubriera su base. Debía haber dejado esa bola para las jardineras.

La chica que estaba en la primera base corrió a la segunda, la pasó y siguió hasta tercera. La bateadora rubia corrió muy cerca.

—¡Regrésate a la segunda base! —le gritaron las compañeras del equipo.

Yvette se agachó a recoger la bola y se enfrentó cara a cara con Meg, que rápidamente agarró la bola y se la lanzó al pítcher.

—¡Tenías que quedarte en tu base! —le dijo Meg a Yvette mientras apuntaba a la bateadora que llegaba a la base—. ¡Yo te hubiera lanzado la bola y ella ya estaría fuera!

—¡Jon rón! ¡Anotamos dos carreras! —Las chicas del otro equipo lo celebraban y los chicos se reían.

Chari veía que sus compañeras de equipo sacudían la cabeza molestas. Esperaba que Yvette hubiera jugado bien. Chari no quería que se sintiera avergonzada. Además, Chari había hablado por ella pensando que era una buena jugadora. Chari tenía razones para sentirse también avergonzada.

—Toma su lugar —le ordenó suavemente Lindy a Chari cuando se acercó a ella.

—¿Tan pronto? Apenas tuvo tiempo de entrar en calor —dijo Chari—, dale otra oportunidad.

—Le daremos la oportunidad de batear cuando estemos arriba. Pero ahora, entra al campo. —Lindy corrió hacia el montículo de picheo.

Chari palmeó a Yvette en la espalda cuando llegó a la segunda base a remplazarla. Yvette le regresó el guante, pero la sonrisa se le había ido.

Cuando a Yvette le llegó el turno de batear, Chari le ayudó a seleccionar un bate que estuviera de acuerdo con su tamaño. Luego le apretó el brazo y le deseó suerte.

La rubia alta estaba en el montículo de picheo. Tenía una complexión muscular como la de una atleta. Frotaba la bola en el guante y preparaba el lanzamiento. La bola salió rápido y derecho hacia la base. Los brazos de Yvette nunca se movieron. El bate no abanicó. Sólo sus pestañas rizadas se agitaron con la sorpresa.

—¡*Strike* uno! —gritó el árbitro.

La pítcher esperó que Yvette abanicara el bate como práctica previa al lanzamiento de la segunda bola. Este lanzamiento fue tan limpio como el primero. Sentada en un banco, atrás de la malla, Chari sentía vergüenza ajena. Yvette abanicó el bate con todas sus fuerzas, pero no hizo contacto con la bola.

—¡*Strike* dos! —gritó el árbitro a unas gradas en silencio.

Chari no se atrevía a mirar a sus amigas por temor a ver la desilusión en los ojos. En lugar de eso, cruzó los dedos y miró hacia el cielo. Chari hizo una oración en silencio a favor de Yvette, en su último intento.

El tercer lanzamiento llegó tan rápido y seguro como los otros dos. Yvette abanicó el bate una fracción de segundo después de que la bola pasó sobre su base. La fuerza de su incontrolado impulso causó que su cuerpo continuara girando, de manera que quedó de frente a la multitud cuando se detuvo.

—¡*Strike* tres!

Chari cerró los ojos y respiró profundo. —¡Qué mala! ¡Yvette le había asegurado que era buena en el béisbol!

Chari se reunió con Yvette después de darle vuelta a la malla. —No te preocupes, todos tenemos días malos —le dijo a la chica para hacerla sentir mejor respecto a su mala actuación.

—¡Tuve un día muy malo hoy! —dijo Yvette. Se rió, pero Chari se dio cuenta, por la manera en que evitaba mirarla de frente, que Yvette se sentía lastimada—. Me voy a casa.

—¿Te vas a ir?

—No quiero que nadie me vea. Te veo mañana para almorzar, ¿sí? —Yvette se limpió el polvo rojo de los pies y se volvió a poner los zapatos. Chari se dio cuenta que no levantaba la vista, ni siquiera cuando se escuchó el crispante sonido de alguien pegándole a la pelota.

—Seguro. Almorzamos juntas mañana.

La cola de la cafetería era larga y ruidosa. Chari e Yvette estaban al final. A Chari no le importaba esperar ni tampoco las distracciones. Le tenía que dar la noticia a Yvette de que no había podido entrar al equipo de sóftbol. A pesar de que sentía que después de su actuación Yvette ya lo sabía, de todas maneras era difícil decírselo.

También planeó decirle a Yvette que no iría a su fiesta de cumpleaños. Chari le diría que ese día tenía que hacer otras cosas que había olvidado.

Había envuelto el regalo de Yvette y lo había metido en una bolsa de papel que traía bajo el brazo. Chari había planeado dárselo a Yvette en el almuerzo para suavizar la desilusión.

A Chari le daba más temor retractarse de la fiesta que decirle a Yvette que no había entrado en el equipo. Yvette había demostrado que le faltaban aptitudes para jugar en el equipo, así que Chari podría traer eso a colación. Pero no ir a la fiesta de cumpleaños era diferente. Se sentía culpable y a disgusto cuando practicaba la excusa que iba a dar.

—Le pedí más dinero a Manman hoy, —comentó Yvette con un guiño en los ojos.

—¿No tienes suficiente comida en el almuerzo? —Chari abrió mucho los ojos y rió nerviosamente.

—No es para mí, —respondió Yvette con una sonrisa burlona, guardando el secreto un poco más—, quiero comprar una de esas galletas gigantes de chocolate. Es para ti.

—¡Ah! Me encantan esas galletas. Gracias, Yvette.

—*Non*, yo te quiero dar las gracias por invitarme al equipo ayer.

Chari se congeló. Yvette había traído a la conversación uno de los temas que odiaba tratar. —No tienes que comprarme nada —dijo Chari y negó con la mano para borrar la idea.

—Fue muy amable que me permitieras . . . ¿cómo se dice? . . . intentarlo.

Chari se encogió de hombros. —¡Ah! Eso no es nada. —Pero en realidad era un gran problema. Ella se había avergonzado por la manera en que había jugado Yvette, y además tenía que decirle que estaba fuera del equipo. Era muy difícil darle a alguien malas noticias.

—Me divertí mucho. —No había en la cara de Yvette una sonrisa que respaldara sus palabras.

Yvette lo estaba haciendo más difícil. Tal vez Yvette pensó que jugaba lo suficientemente bien para ser parte del equipo, pensó Chari preocupada. Tendría que decir algo ahora, aún cuando lastimara los sentimientos de Yvette. Chari tragó saliva.

—Yvette, me temo que no entraste en el equipo. Las chicas pensaron que no jugaste lo suficientemente bien. Lo siento.

Los ojos de Yvette parpadearon nerviosamente, pero encogió los hombros como si el tema no fuera importante. —Ya lo sé. Lo supe ayer. ¡Jugué muy mal! —Yvette se rió.

—Yo sé que no estabas preparada. No tenías la ropa ni los zapatos adecuados. Correr descalza no es tan fácil.

—¡Ah! No son los pies, es todo el cuerpo. No me funcionó. —Yvette agitó la cabeza y bajó la mirada—. Las chicas no juegan deportes en Haití. No tanto.

—Pero tú me dijiste que habías jugado béisbol —exclamó Chari sorprendida.

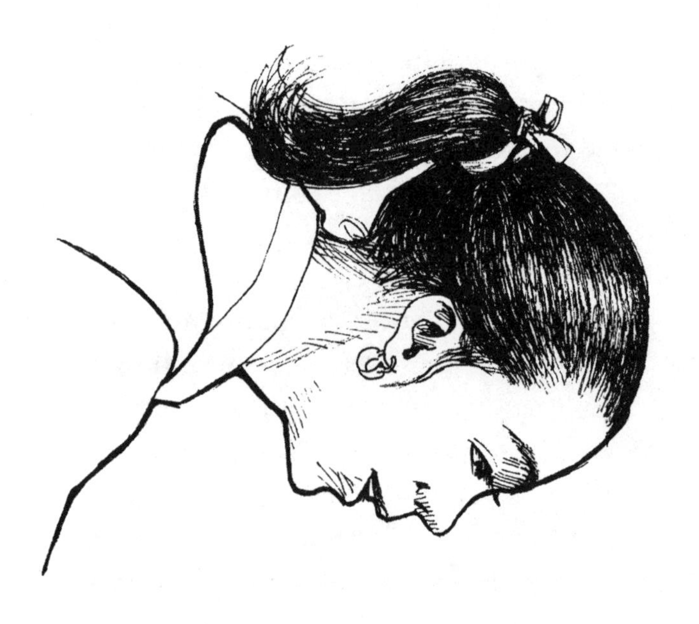

—Sí, he jugado algunas veces. Los chicos y las chicas del barrio juegan en la calle o en el parque. Pero las chicas no juegan en la escuela.

—Yo sé lo que quieres decir —dijo Chari para apoyarla—. Mi familia está sorprendida de que yo sea deportista. Las chicas cubanas usualmente no practican deportes. Tampoco mis amigas cubanas de la escuela lo entienden.

—¡De todas formas te quiero comprar una galleta! ¿Está bien? —Yvette le preguntó con una sonrisa cálida.

—Muy bien. Sí puedes hacerlo. —Chari asintió con la cabeza y aceptó la manera de Yvette de dar las gracias. La cola se estaba moviendo. Chari codeó suavemente a Yvette para que se moviera.

Los amigos de Chari la saludaron cuando pasaron por la fila de la comida.

—¡Nos vemos en la playa! —gritó Meg.

—¡La fiesta en la playa será fantástica! —le dijo Lisa picándole juguetonamente las costillas cuando pasó cerca de ella.

Chari se sonrojó. Volteó a ver a Yvette rápidamente. Esperaba que Yvette no se diera cuenta del problema que estaba enfrentando. Yvette estaba ocupada escogiendo la galleta más grande y perfecta.

Chari vio a sus amigas sentadas con los chicos y lamentó no poder estar con ellos. Fue entonces que tomó la decisión. Seguiría con su plan.

Chari le dió el paquete a Yvette cuando se sentaron a almorzar. —Yo también tengo algo para ti.

Yvette tomó la bolsa de papel y buscó adentro con la mano.

Chari aclaró la garganta. Se armó de todo el coraje que debía para empezar a hablar. —Es tu regalo de cumpleaños. ¿Sabes? No voy a poder . . .

—¡Es precioso! —dijo Yvette interrumpiéndola—. ¡El papel! ¡El moño! ¿Tú haces este paquete muy bonito tú misma?

—Sí, yo lo envolví. —Chari sintió que la sangre se le iba al rostro. Yvette estaba tan orgullosa de la envoltura, y ni siquiera sabía qué había adentro todavía.

—¡Es muy lindo como para abrirlo!

—Bueno, lo traje a la escuela porque yo . . .

—Porque quieres hacerme sentir bien por lo del equipo de sóftbol. ¡Eres muy buena! Yo le digo a Manman todos los días, Chari es una chica muy dulce. —Yvette tomó el paquete tiernamente, meciéndolo en sus brazos contra su pecho.

Las orejas de Chari le ardían de vergüenza. Yvette había interpretado su acción egoísta como un gesto de amabilidad.

—Manman dice que tu nombre debe de ser Chérie y no Chari. Eso significa "cariño" en francés, ya sabes. Y eso es lo que tú eres, un "cariño".

Chari pensó en el verdadero significado de su nombre. Chari era sólo su apodo. En español se llamaba Caridad. Ella sabía que no le hacía honor a su nombre.

—Me voy a llevar la bolsa a la casa así como está. Quiero que todos vean qué bonito lo haces. —Yvette pasó un dedo sobre el moño de satén color amarillo brillante—. Voy a abrir el regalo contigo en la fiesta, ¿*non*?

Chari asintió con la cabeza en clara actitud de vergonzosa derrota. —Ahí estaré.

No se sorprendió cuando Lindy le habló por teléfono para saber si había hablado con Yvette.

—¡No puedo creer que no le hayas dicho! ¡La fiesta es mañana! —dijo Lindy entusiasmada.

—Es muy difícil decirle a alguien algo que no es verdad —respondió Chari suavemente.

—¡No puedes perderte la fiesta en la playa! ¡Vamos a jugar voleibol. Meg va a llevar su grabadora y sus discos nuevos. El papá de uno de los chicos asará los perritos calientes. No puedo esperar a que empiece la diversión!

—Yo no me la quiero perder. Me hubiera gustado que las cosas no hubieran salido así. Simplemente no sé qué hacer, —Chari se enredaba nerviosa el cordón del teléfono en un dedo.

—Bueno, hoy es tu última oportunidad de llamarla y decirle que no puedes ir a su fiesta de cumpleaños —le recordó Lindy.

—Ya lo sé —asintió Chari con la cabeza muy triste—. Tal vez le puedo decir que estoy muy enferma.

—Claro. Ellos no te querrán ahí, estornudando arriba de la comida y enfermando a los invitados. Yvette lo va a entender.

Como Chari se quedó unos minutos en silencio, Lindy continuó. —Mi mamá y yo vamos a pasar por ti mañana. Hasta entonces.

Chari colgó el teléfono pausadamente. Se sentó en la cama. Elevó las rodillas hasta el pecho y las rodeó con sus brazos. No era justo. Si hubiera sabido la fecha de la fiesta en la playa, le hubiera dicho que no a Yvette, cuando la invitó.

Chari trató de ayudar a Yvette a hacer amigos, pero no había funcionado. Chari no pudo evitar el hecho de que Yvette no hubiera hecho nada bien en el campo de béisbol. Había dado la cara por ella e Yvette sólo la había avergonzado con su falta de habilidad.

Simplemente no voy a ir a la fiesta de cumpleaños, pensó Chari. No me van a extrañar con todos los amigos y parientes que estarán ahí. Además ya le di mi regalo.

Al siguiente día Chari se miró en el espejo probándose su nuevo bikini. En cierta forma, lo que veía no estaba bien. Sabía que debería vestirse para una fiesta de cumpleaños.

En el fondo de su corazón, Chari sabía que la iban a extrañar. Yvette esperaba que Chari celebrara con ella. Quería que su familia conociera a su amiga de la escuela. Y eso era en lo que Chari se había convertido para Yvette. Una amiga.

¿No fue eso lo que la señora Hill le pidió a Chari que hiciera? Quería que Chari fuera una amiga para Yvette. No únicamente alguien que la ayudara en la escuela. Una amiga.

Chari no había sido la única avergonzada en el campo de béisbol. Yvette había sufrido más. La fiesta de cumpleaños era una celebración especial. Si Chari no iba, Yvette se iba a sentir herida nuevamente. Su amistad no sería nunca la misma. Y en ella había crecido el afecto por la dulce chica haitiana.

Lamentaba que se fuera a perder la fiesta en la playa. Sabía que sería muy divertida. Pero apenas era marzo. Habría muchas otras fiestas de playa. Después de todo, en Miami la gente iba a la playa todo el año.

Quedando bien

El edificio de apartamentos estaba en silencio. Chari se preguntaba si tenía bien la dirección cuando tocó en la puerta blanca. Eran exactamente las dos de la tarde. Chari esperaba escuchar voces y risas que salieran de la fiesta.

—¡Chari! ¡Qué bonita te ves! —dijo Yvette muy contenta cuando abrió la puerta—. Pasa.

Chari entró tímidamente.

—¡Manman, aquí está! ¡Papá, ven a conocer a Chari! —gritó Yvette con entusiasmo.

Dos chicos corrieron en la pequeña salita y miraron a la invitada. Chari se fijó en el parecido con Yvette. Ambos tenían esa nariz ancha y puntiaguda que le daba a Yvette ese aire de ser más joven.

—¡Háganse a un lado, niños! —dijo Yvette riéndose—. Éste es Jean, tiene once años, y éste es mi hermanito Claude. Tiene ocho años.

—¡Hola! —dijo Chari a los dos niños risueños.

—¡Hola! —respondió Claude, cuyos ojos alegres eran iguales a los de Yvette—. Estoy muy contenta de que vinieras. Ya puede empezar la fiesta y Manman me dejará probar ese delicioso pastel.

—Tú no tienes acento, —le dijo Chari al niño, pero miró cuestionando a Yvette.

—Los niños aprenden inglés más rápido, tú sabes eso. Mis hermanos estaban esperando a que tú vinieras para cantar el "Feliz cumpleaños" y comer.

Chari empezó a entender que ella era la única invitada. —¿Nadie más va a venir?

—*Non*, solamente tú. Ya empiezo a hacer amigos en la escuela, pero no los conozco bien para invitarlos a mi fiesta de cumpleaños.

Una mujer delgada y baja entró a la salita. Usaba un vestido floreado y le sonrió cálidamente a la invitada. Atrás de ella un hombre sonreía tímidamente. La mujer colgó un limpiador en el respaldo de una silla e invitó a Chari a sentarse en el sofá color crema.

—Ellos son Manman y Papá. Ella es Chari. —Yvette señaló a Chari, luego se volteó hacia ella y dijo: — Manman está aprendiendo inglés, así que te voy a decir lo que dice.

—Entiendo. Yo tengo el mismo problema con Mami y Papi. Tengo que ayudarlos todo el tiempo.

La madre de Yvette dijo algunas palabras en créole y Chari la escuchó confundida.

—Manman dice que eres muy bonita —tradujo Yvette.

—*Merci* —dio las gracias Chari, usando una de las pocas palabras que sabía en francés. Todos rieron.

Entonces habló el padre de Yvette en lo que parecía lo más rápido que Chari haya escuchado. La familia rió feliz.

—Papá dice que espera que tengas hambre porque preparó el mejor *griot* y *riz et pois* que jamás haya cocinado —dijo Claude.

—Pero realmente no fue "Papá" el que cocinó la comida. Por eso nos reímos. Fue Manman —explicó Jean.

—Siéntense en la mesa y les mostraré la comida —dijo Yvette trayendo platos humeantes de la cocina.

Chari inspeccionó la comida en los platos servidos. —También nosotros comemos arroz y frijoles colorados en Cuba. Y me encantan los plátanos.

—Los llamamos *banane* —dijo Claude con una gran sonrisa.

—*Griot* son pedazos de puerco frito —le explicó Yvette a Chari cuando le sirvió su plato.

Al final de la comida, el padre de Yvette puso en la mesa un pastel redondo cubierto con merengue blanco. Las quince velas destellaban. También la cara de Yvette.

La familia Pierre empezó a cantar el famoso "Feliz cumpleaños" en inglés, con diferentes niveles de acento extranjero. Chari se unió al grupo que cantaba. Los brillantes ojos negros de Yvette reflejaban el brillo de las velas.

Cuando Yvette abrió el regalo que Chari le había dado, orgullosamente pasó la camiseta azul para que todos la vieran. Chari la tuvo en su regazo por unos minutos y observó la escena de playa que tenía impresa. Sus otros amigos estaban ahora en la playa. Pero Chari no se arrepentía.

Chicas americanas

Sentada con cierto abandono en su pupitre, Tere escondía su cabeza tras la de Mary Beth Jackson, la chica rubia que se sentaba delante de ella. No quería que la maestra la viera.

—¿Con cuál mar colinda Grecia? —repitió la señora Martin. Miró los rostros jóvenes, muchos de ellos viéndose las manos, hacia abajo.

Mar Mediterráneo, pensó Tere en español. Ella sabía la respuesta. Después de todo, geografía era una de sus materias favoritas. Sólo que era muy difícil decirlo en inglés.

—Quiero ver más manos alzadas. Vamos a oír a algunos estudiantes que no han hablado últimamente —dijo la señora Martin firmemente, mientras iba de un lado a otro frente a la pizarra.

Tere vio de reojo algunas otras manos alzadas. Tenía la esperanza de que esto conformara a la maestra. Tere quería que la señora Martin dejara de buscar respuestas de parte de los estudiantes callados. Se acomodó su brilloso cabello color café hacia delante, como una cortina que le ocultaba la cara.

El sol de mediodía de Miami calentaba el salón de clases. Pero el calor que sentía Tere en su cuerpo daba miedo. Temía ser llamada por la maestra.

La señora Martin llamó a un chico dos filas atrás de Tere. Por el momento se sintió aliviada.

Brian era alto, delgado, y tenía cabello color de arena. Él no levantaba la mano en clase muy a menudo. Aun así, muchas veces se reía o se disgustaba con sus amigos en el salón.

El chico miró a sus amigos con una sonrisa furtiva. —El mar "Medikerráneo", —dijo con dificultad.

Se oyeron murmullos en el salón.

—Muy bien, tienes la idea. El nombre es Mediterráneo, —pronunció lentamente la palabra la señora Martin.

—¿Quién puede decirme cuál es la capital de Grecia? —continuó la señora Martin. Tere sintió miedo de nuevo. Muchas manos se alzaron, ondeando en el aire.

Tere se hundió más en su asiento. Si la maestra seguía haciendo preguntas había la posibilidad de que llegara el turno de Tere. Se quedó quietecita, con los ojos fijos en las manos húmedas.

—La capital de Grecia —le dijo de nuevo la señora Martin a la clase.

—Atenas, desde luego —dijo Tere en silencio, para ella misma.

La señora Martin abandonó su lugar en la pizarra, frente a la clase, y caminó entre las filas de pupitres. Tere temió no poderse esconder más.

Los estudiantes que hablaban inglés lo tenían muy fácil. Todo lo que tenían que hacer era estudiar y ya tenían las respuestas. Ella tenía que traducir algunas palabras al español, su primera lengua, para así comprender lo que estaba leyendo. Después, la peor parte era aprender a pronunciar las palabras en inglés. Cada vez que tenía que decir algo en inglés, simplemente no sonaba bien. Había visto la sonrisa en la cara de los otros estudiantes. Los había visto reírse de sus intentos.

A través de las pestañas, oscuras y bajas, Tere seguía los movimientos de la señora Martin. Se detuvo a dos filas y se dio la vuelta, enfrentando a Tere. Los ojos oscuros de Tere se abrieron mucho. Las mejillas se le encendieron cuando se dio cuenta que la mirada de la señora Martin estaba sobre ella.

—¿Cuál es la capital de Grecia, Tere?

La amable sonrisa de la señora Martin no disminuyó la inquietud de Tere, que debía enfrentar el momento. Sabía la respuesta, pero sólo pudo recordar el nombre en español.

—Señora Martin —dijo tímidamente—, no sé cómo decirlo en inglés. —La clase se calló, interesada en este cambio de eventos. Los estudiantes de enfrente se voltearon para poder ver el drama. El tiempo avanzaba muy lentamente para Tere.

—Bueno, Tere, si sabes la respuesta en español, ¿por qué no lo intentas?

Tere miró hacia abajo, a sus manos frías y húmedas. —La capital de Grecia es Atenas.

Los niños explotaron en risas. La cara de Tere estaba encendida; el calor le subía por la cabeza hasta sentir que cada uno de sus cabellos se le ponía de punta. Sentía que la cabeza le iba a estallar, como un globo.

—¡A callar! ¡Ahora! —La señora Martin los calló con su tono enérgico. La clase se calló gradualmente. Algunas risillas se escapaban por ahí.

Luego se volvió hacia Tere. —Correcto, Tere. ¿En español es Atenas? —preguntó, probando su pronunciación—. En inglés es *Athens.*

Tere asintió con la cabeza. No podía pronunciar el sonido de la *th.* Un sonido que no se usaba en su país natal, Cuba. Deseaba que la señora Martin siguiera con otras preguntas y con otros estudiantes, quitando la atención sobre ella.

La señora Martin hizo la siguiente pregunta. Tere la escuchó desde lejos, pero no estaba escuchando las palabras. Sabía que no le pediría que respondiera otra vez tan pronto, pero todavía resentía las risas hirientes.

Tere cruzó el salón con la mirada para buscar a su amiga Alicia, que era cubana como Tere. Pero ella podía hablar inglés bien, y casi no tenía acento español.

Alicia tenía una sonrisa tierna y comprensiva. Tere sabía que podía contar con su amiga. Estaba segura de que Alicia había enfrentado este tipo de problemas antes.

Los estudiantes salieron de su salón cargando sus bolsas de papel con el almuerzo. Tere caminó lentamente para que Alicia la alcanzara. Cuando el grupito de chicos (liderado por Brian, por supuesto) adelantó a Tere, cada uno le hizo un comentario burlón.

—Hola, Atenas.

—Camina rápido, Atenas.

—Oye, Atenas, ¿qué hay para el almuerzo?

Pasaron a Tere doblados de risa. Algunas chicas se unieron en la burla; repetían el nombre de la ciudad en español. Parecía que Tere se había ganado un nuevo nombre.

Tere se sentía lastimada y enojada, pero ignoró sus palabras. Finalmente Alicia la alcanzó.

—No les hagas caso. Creen que son muy graciosos. Pero no saben nada. —Alicia le hablaba en español.

—Trato de no escucharlos, pero me duele cuando se burlan de mí. —Tere le respondió en español, la lengua en la que hablaba con más seguridad.

—Sólo recuerda que estamos mucho más avanzadas que ellos. Podemos hablar dos lenguas. Ellos sólo hablan inglés. —Alicia trataba de hacer sentir bien a Tere.

—Creo que sí. —A Tere no le interesaba la ventaja. En este momento quería ser como los demás.

—Y cuando se burlan de ti, tú y yo podemos cambiar a español. Así no tienen idea de lo que hablamos. Es como nuestro código secreto. —Alicia le guiñó un bonito ojo café a su amiga.

En la cafetería, Mari les estaba guardando un lugar en su mesa. Mari estaba en el salón de la señora Robinson, pero le permitían encontrarse con sus amigas para almorzar.

—Los chicos fueron muy crueles con Tere, —dijo Alicia en cuanto puso la bandeja sobre la mesa. Luego le contó a Mari lo que había pasado en la clase.

—Ya es bastante desafortunado que te habla la maestra, a eso agrégale que no estás segura de la respuesta. Es muy difícil, —dijo Mari, de acuerdo con ellas.

—Pero yo estaba segura de la respuesta. Yo estudié todo esto antes, en español, —explicó Tere—, no es que yo sea tonta.

—Ya lo sé. Algunas veces ellos piensan que si no hablas su lengua es porque eres lenta. —Los padres de Mari eran de Cuba, pero ella había nacido en Miami. Mari podía hablar bien ambas lenguas, español e inglés, y no tenía problemas con el acento. Los demás no se burlaban de ella.

—El carnaval de la escuela va a ser muy pronto —dijo Alicia cambiando a un tema más alegre—, y quiero ser voluntaria en un puesto divertido.

—Yo también. Vamos a apuntarnos en el mismo puesto —dijo Mari mientras desenvolvía su sándwich de queso crema con jalea de guayaba.

—Yo lo haré si podemos trabajar juntas —dijo Tere deleitándose con el sándwich de su amiga—. ¡Tu sándwich es mi favorito! Te cambio la mitad de mi sándwich de pollo en pan de trigo por la mitad del tuyo —le ofreció a Mari.

—¿Cuál puesto creen ustedes que sea el más entretenido? —preguntó Alicia.

—A mí me gusta el de los anillos. Sólo hay que recoger el boleto y dar los anillos. No es mucho trabajo —dijo Mari, pasándole a Tere la mitad de su sándwich.

—¡Sí! Ése, o el puesto de la panadería. Así podemos comprar las mejores galletas —dijo Tere alegremente—. Podríamos quedarnos con las cosas ricas que se desmoronen.

Este pensamiento las hizo reír. Y siguieron con su conversación en español.

—Los mejores pastelitos y las mejores galletas siempre se deshacen, ya saben . . . —Tere sonrió juguetonamente y les hizo guiños a sus amigas.

—¡Ah, me gusta esa idea! —dijo Alicia mientras se lamía los labios. Las otras se rieron.

—Cualquier cosa que hagamos, asegurémosnos de no estar en el puesto de los pastelazos. ¡Eso no lo soportaría! —les suplicó Mari.

—O el tanque de remojo. No sé cual sería más vergonzoso —dijo Tere, agitando la cabeza. Su cabello largo y lacio brilló con el movimiento.

—Ya sé. Esos son para gente como Mary Beth Jackson, que es muy aventada, —acordó Alicia.

—Y mala —agregó Mari.

—Apuesto que a los chicos les gustan más esos dos puestos —adivinó Tere.

—Sí. Trabajar y jugar en esos puestos. Particularmente a Brian, a Karl, a Joe y a los otros. Les gustan los juegos sucios que hacen ver a los demás chistosos —dijo Alicia.

—Gracias por intercambiar la mitad de tu sándwich. —Tere se lamió el dedo donde le había quedado queso y jalea.

—¡Eres muy chistosa! —rió Mari—. Toma éste. ¿También quieres lamer mi dedo?

—¡Zoqueta! Todo lo que veo en él es apio y mayonesa. —Las tres chicas se rieron.

—Entonces, ¿cuál puesto escogemos? —Alicia le preguntó a sus amigas.

—Vamos al puesto de las galletas —dijo Mari.

—¡Perfecto! Las tres trabajaremos en el turno de las diez en punto. No se olviden de apuntarse —dijo Alicia concluyendo el plan.

Tere estaba inquieta otra vez, ahora en la clase de matemáticas. Entendía la materia bien. Hasta le gustaban las fracciones. Veía en su mente las partes de un todo y las juntaba como si fueran un rompecabezas. Decir las respuestas en la clase era el problema. Inclusive cuando estaba en lo correcto.

Habían estado repasando las respuestas en la clase de la señora Baxter. Les habían dejado de tarea treinta problemas, tantos como estudiantes había en la clase. A la señora Baxter le gustaba la participación en la clase. Le gustaba llamar a cada uno de los estudiantes para que diera una respuesta, y algunas veces tenía a un estudiante que resolvía el problema en la pizarra.

Ahora estaba llamándolos con su voz aguda. —Jennifer, danos la respuesta al siguiente problema.

La chica de cabello rizado respondió: —dos quintos.

—Gracias, Jennifer. —La señora Baxter siguió llamando a los estudiantes sin ningún orden en particular.

Eso le daba más miedo a Tere. No podía adivinar cuál problema le tocaría a ella. Tere quería practicar mentalmente la pronunciación de la respuesta.

—El siguiente problema, Jeremy —dijo la señora Baxter mirando desde el libro al chico.

Jeremy tenía cabeza para los números. Siempre tenía la respuesta correcta. Y era simpático. No se podía dejar de admirar a alguien como él.

—Tres octavos —respondió Jeremy.

—Bien. —La señora Baxter miró alrededor del salón.

Tere sintió que se le salía el corazón cuando la señora Baxter miró en dirección a ella. Pero, afortunadamente siguió repasando las caras. Tere miró su tarea y deseó que sonara la campana antes de que llegara su turno.

—Brian, ¿cuál es la siguiente respuesta?

Él era un chico pesado. Siempre listo para reírse de los demás. Muy seguro de sí mismo, aunque se equivocaba muy seguido, pensó Tere.

—Cuatro veinteavos —dijo con un movimiento de cabeza, seguro de sí mismo.

—¿Dónde está el error en esa respuesta? ¿Quién me puede decir?

Risitas apagadas se oyeron alrededor del salón.

Algunas manos se alzaron. La señora Baxter llamó a Mary Beth Jackson.

La musculosa chica elevó sus cejas en dirección de Brian y sonrió con confianza. —No lo redujo al mínimo común denominador.

—Muy bien, Mary Beth.

La chica le sonrió a Brian, dulce como un ángel. Él le sonrió malignamente.

Tere escuchó que la señora Baxter la llamaba por su nombre. Sintió que se le ponía la carne de gallina en la parte trasera del cuello.

"¡Ay! Esta respuesta tiene muchos sonidos difíciles. Estoy arruinada", pensó.

Tere escuchó a sus espaldas que murmuraban cruelmente, "Atenas". Se sentía sola. Sus manos temblaban haciendo que el papel vibrara.

La señora Baxter esperó pacientemente. Tere tragó saliva y respondió con su acento español.

—Tres centésimos.

Tere oyó las risas. Los estudiantes se tapaban fuertemente la boca con la mano, pero aún así se escapaban las risitas. La señora Baxter miró severamente en dirección de las risitas ahogadas. El ruido se acabó.

—Muy bien Tere. Redujiste la respuesta al denominador más bajo. Tres centésimos —dijo la señora Baxter ofreciéndole una de sus raras sonrisas.

Tere se sentía muy cansada. Parecía que cada vez que abría la boca en clase, los sonidos le salían mal. A la mayoría de la gente le parecía gracioso.

Brian y los chicos eran los que más se burlaban. Pero las chicas también lo hacían, con la risa de Mary Beth Jackson, que provocaba a los otros.

Tere se distrajo. Miraba por la ventana, donde un pájaro azul sacó a un gorrión del árbol. El pajarito voló y encontró refugio en un agujero pequeño bajo el alero de un edificio de la escuela. Tere entendía el problema del gorrión, pero lo envidiaba. Por lo menos él tenía un lugar dónde esconderse.

El salón se le hacía oscuro. Era muy difícil hablar en clase, pensaba Tere. En lugar de sentirse bien por tener las respuestas correctas, se sentía cada vez más consciente de su inglés. Estudiaba y se mantenía al corriente con el trabajo. Pero ahora empezaba a sentir que no valía la pena. El precio por darle a los profesores las respuestas era muy caro.

Tere y Alicia corrieron a la orilla del campo. La señorita Sawyer había mandado a otras dos chicas a relevarlas cuando sus quince minutos de entrenamiento de fútbol terminó. Bajo la sombra de un gran encino bebían agua y escapaban del caliente sol de Florida.

—¡Mira tu cuello! ¡Estás sudando mucho! —Alicia apuntó hacia el cuello de su amiga con una gran sonrisa en la cara.

Otros grupitos de chicas se sentaron bajo la sombra a hablar sobre sus cosas. Tere y Alicia hablaban en español, como hacían cuando estaban solas.

—¡Mira cómo andas! Tienes las piernas tan llenas de fango que esas medias nunca tendrán los colores de la escuela otra vez. —Tere se rió recostándose en el banco sombreado.

Alicia examinó sus medias reglamentarias, normalmente blancas con una banda azul, pero que ahora estaban casi de color café. Y se encogió de hombros.

—¡Hablen inglés! —El vozarrón era de Mary Beth Jackson, que estaba sentada bajo el árbol con unas amigas—. ¡Están en un país que habla inglés! —Sus amigas se rieron escondiendo sus risas detrás de las manos.

—¿Un país que puede hablar? ¡Qué listo! —le gritó Alicia al grupo, en inglés.

—Ignórala —dijo Tere, en español—. Ella diría cualquier cosa para reírse.

—Probablemente pensaron que estábamos hablando de ellas —supuso Alicia en su lengua materna.

—Déjalas que crean lo que quieran. No estábamos haciendo nada malo —dijo Tere encogiendo los hombros.

—Tendrás que lavarte el pelo. Tienes la cara roja y el pelo pegado a la cara, todo mojado —le dijo Alicia.

—¡Gracias, tú también te ves fantástica! —Tere se rió del aspecto de su amiga, pero luego se puso seria—. ¿No te molesta cuando tienes que bañarte en el vestidor? No hay privacidad ahí.

—Sí. La señorita Sawyer no te permite salirte con la tuya. Siempre está revisando que las toallas estén húmedas.

—Parece que a las otras chicas no les importa desvestirse en ese cuartote. —La escuela a la que Tere había asistido anteriormente tenía la clase de educación física al final del día. Las chicas se iban a casa a ducharse en privado.

—Yo creo que también les molesta. ¿No te has fijado cómo corren antes de que la maestra entre? Hasta Mary Beth corre para meterse —argumentó Alicia—. Se enjuagan los pies en la ducha y se salpican gotas de agua en el cuerpo con los dedos. Cuando la señorita Sawyer entra, ya se están secando, fingiendo que han tomado un baño completo.

Tere sonrió. —Creo que tendré que aprender algunos trucos para tener éxito aquí —le confesó a su amiga.

—No creo que te vayas a salir con la tuya hoy. Estás muy sudada y llena de fango —dijo Alicia.

—Ya lo sé —dijo Tere—. Se dio cuenta que no podía volver a ponerse el uniforme tan sucia como estaba, y seguir así el resto de las clases.

—No te preocupes, nadie mira a las demás. Es una ley no escrita. Todas sabemos que tenemos que andar ahí adentro desvestidas a la mitad.

Tere corrió hacia el vestidor tan pronto como la señorita Sawyer tocó el silbato, que marcaba el final de la clase. En su carrera a las regaderas, Tere le ganó a Alicia y a otras. Se quitó la ropa sucia en la ducha y tomó un baño completo.

De pronto, la toalla blanca de Tere ya no estaba en el gancho. Una mano se había metido y desaparecido con ella, antes de que Tere pudiera agarrarla. Oía las risas que salían de la ducha de enseguida.

Tere se tapó el cuerpo mojado con la camiseta sudada. —¡Alicia! ¡Alicia! —Tere llamaba a su amiga desde atrás de la cortina de la ducha.

—¿Dónde estás? —le preguntó en voz alta.

—Estoy aquí, en la ducha —respondió Tere, en español—. Tráeme una toalla. ¡Pronto!

—¡Hablen inglés, chicas! —gritó una voz. A pesar de que la voz estaba disfrazada, Tere sabía que le pertenecía a Mary Beth Jackson.

—¿Olvidaste tu toalla? —le preguntó Alicia a Tere, en inglés.

—¿Olvidó su toalla? —preguntó Mary Beth Jackson, fingiendo inocencia. Su risa era fuerte.

—¡Aquí hay una toalla! —Kelly se rió y lanzó una toalla húmeda por encima del muro.

—¡Puedes usar la mía! —gritó Dara riéndose.

Alicia le llevó una toalla seca y limpia a Tere. Y volvió al español. —Vístete y vámonos de aquí.

Rápidamente Tere se secó y se puso la ropa interior. No quería estar cerca de las otras chicas ni un minuto más. Podría gritarles y empezar un pleito feo. Tere sacó ropa seca del casillero. Sostuvo la toalla con la barbilla y diestramente se metió en la camisa.

—No se te olvide que hoy vamos a trabajar en el carnaval —le dijo Tere cuando Alicia se le reunió, medio vestida y húmeda. El tema sirvió para ignorar a las chistositas que todavía disfrutaban su broma.

—¡Ah, no se me va a olvidar! —dijo Alicia—. Tenemos que alzar las manos primero para que nos escojan. Es la única manera de terminar juntas.

—Espero que tú, Mari y yo trabajemos en el puesto de la panadería. Sería muy divertido trabajar juntas.

Las chicas se cepillaron el cabello mojado y salieron del vestidor a su siguiente clase.

—Por favor cierren sus libros. Vamos a tomar algunos minutos para seleccionar a los voluntarios para el carnaval —dijo el señor Taber, durante la última clase del día.

El señor Taber daba la clase de inglés. Él esperaba que los estudiantes practicaran sus habilidades comunicativas con frecuencia. Les pedía que leyeran en voz alta algún libro, o su trabajo escrito. El señor Taber quería que sus estudiantes "salieran de sí mismos".

Ésta no era la clase favorita de Tere.

—Cuando mencione el nombre de cada puesto del carnaval, me gustaría que levantaran las manos los que quieran trabajar ahí.

Los estudiantes asintieron con la cabeza. Tere miró a Alicia y las dos se sonrieron.

—Sólo puedo tomar tres voluntarios para cada puesto. Es la única manera justa de hacerlo. También las otras clases mandarán su lista de tres voluntarios por puesto.

Tere pensó que sí tenían oportunidad de estar juntas. Mari estaba en otra clase, así que no estaría en la lista de voluntarios del señor Taber.

El señor Taber explicó el resto de las reglas. —Cuando levanten la mano prepárense para decirme qué talento tienen para ese trabajo. Quiero que "salgan de ustedes mismos".

—Salir de ustedes mismos —Tere lo imitó en silencio—. ¡Ay, mamacita! Sólo el señor Taber puede hacer una cosa divertida tan angustiosa.

Tere no podría explicarse frente a toda la clase. No en inglés. Podía pensar en muchas razones por las que sería útil para el puesto de la panadería. ¿Pero cómo podría decírselas al señor Taber en frente de todos?

—Quiero voluntarios para el puesto de adivinar la fortuna —dijo el señor Taber.

Cuatro manos se elevaron, todas de chicas. Llamó a las primeras tres.

—Puedo sacar buenas ideas en un abrir y cerrar de ojos. Podría decirle a la gente qué veo en su futuro —dijo Dara.

El señor Taber escribió su nombre y llamó a la siguiente voluntaria.

—Tengo una pecera vieja que uso como bola de cristal y hago como que le digo a mis amigos su destino. Tengo mucha práctica en eso —dijo Jennifer.

Su nombre fue a dar a la lista.

—Mi familia cree que puedo ver el futuro, —dijo Megan. Los ojos de todos los estudiantes estaban sobre ella—. Le dije a mi hermana que tenía la premonición de que se lastimaría. Luego tuvo un accidente muy feo en su bicicleta.

—¡Ah! —murmuraron los estudiantes.

El señor Taber escribió su nombre en la lista. Siguió nombrando otro puesto y muchas manos se alzaron. Llamó a los primeros tres estudiantes para que explicaran sus talentos.

Tere se fijó que el señor Taber no cuestionaba sus respuestas. Simplemente quería que los estudiantes hablaran en público.

Ella ensayó su respuesta en la mente. Me gusta hornear y sé las matemáticas muy bien. No, ella no podía pronunciar la *th*. Matemáticas era una palabra con *th*. Me gusta hornear y soy buena con los números. Eso, eso es lo que diría. Pero aun así sería difícil.

—Ahora necesito voluntarios para el puesto de la panadería —dijo el señor Taber.

Dos manos se alzaron. Alicia y Andrea se ofrecieron como voluntarias.

Tere tenía mucho miedo a hablar. La mano le tembló cuando pensó en levantarla. Su piel estaba húmeda. Estaba tiritando.

—Dos voluntarias. Muy bien. Adelante, Alicia.

Tere había perdido su oportunidad. En verdad lamentaba no haber levantado la mano. El señor Taber sólo tenía dos voluntarias para este puesto. Tere deseaba en silencio que pidiera una tercera.

—Me gusta hornear y quiero trabajar en una tienda —dijo Alicia.

Ahora era el turno de Andrea. —Mi mamá está horneando muchos pastelillos para el carnaval, y yo estoy trabajando en un letrero para el puesto.

Con seguridad el señor Taber va a llamar a otra persona de la clase. "Me gusta hornear y soy buena con los números", practicaba Tere.

Alicia la miró raro. Tere pensó que estaba enojada con ella por no alzar la mano, así que encontró el coraje para hacerlo. Estaba segura que hablaría. Trabajar en ese puesto era importante para ella.

Practicó en el pensamiento otra vez, "me gusta hornear y soy buena con los números".

El señor Taber empezó a hablar de nuevo. Tere estaba segura que él llamaría al tercer voluntario para el puesto de la panadería. Tere levantó rápidamente la mano.

—Voluntarios para el puesto "Pastel en la cara" —terminó diciendo el señor Taber.

Tere abrió la boca con horror. Bajó la mano. Pero era muy tarde. El señor Taber la estaba llamando por su nombre.

—Tere, Mary Beth y Karl —dijo el señor Taber—. Tere, danos tus razones para querer este trabajo.

—Pero, yo no quiero ese trabajo, señor Taber. —Tere sintió un nudo en la garganta. No quería llorar.

—Tú fuiste la primera en alzar la mano —dijo el señor Taber alzándose de hombros, sin entender el problema—. Ahora dinos tu talento.

—Yo creí que quería una persona más para el puesto de la panadería —respondió Tere con su acento, muy triste.

—Ya habíamos terminado con ese puesto. Pasamos al siguiente.

—Pero, señor Taber, me gusta hornear . . . —empezó a explicar, pero él la paró.

—No es esa clase de pastel, cariño —dijo el señor Taber, sin rendirse.

—¡Son pasteles de crema para afeitarse! —gritó Brian desde atrás del salón. Él había alzado la mano, pero no había sido tan rápido como para ser seleccionado.

—Ya es suficiente, Brian —dijo el señor Taber, encarándolo—. Mary Beth, dinos acerca de tu talento.

—Me gusta hacer reír a la gente. Las cosas sucias son mi asunto. —Miró alrededor del salón, feliz de que la clase se riera a carcajadas.

Tere escuchó las voces como envueltas en una neblina. Un asunto sucio era el problema en el que se había metido por haber sido tan tímida. Había tenido miedo de hablar y de que se rieran de ella. Ahora en verdad se reirían de ella. Sería el blanco para los pasteles.

—Yo creo que es muy gracioso que le den a uno con un pastel en la cara. Puedo reírme de eso —dijo Karl con una gran sonrisa en la cara. Los chicos se estaban riendo con él.

Tere pensaba que no sería nada gracioso que le dieran con un pastel en la cara. Y no estaría con sus amigas.

Alicia no levantaba la mirada de su escritorio. Tere no sabía si Alicia estaba enojada con ella o si le tenía lástima.

—Mamá, por favor, no quiero ir a la escuela. —Tere le suplicaba a su madre, en español, la lengua que hablaban en casa.

—Tere, lo siento si te metiste en ese lío. Pero debes enfrentar tus problemas. —Mamá se estaba poniendo spray en su cabello café oscuro. Llevaba un traje rojo y un pañuelo de seda alrededor del cuello que la hacía verse más bonita.

—Puedo quedarme en casa y ponerme al corriente con las lecturas. Después de todo, no vamos a hacer ningún trabajo escolar hoy. Solamente vamos a tener ese carnaval estúpido.

—No te puedo dejar sola en la casa todo el día. —Mamá la miró dulcemente—. Cariño, yo sé que los chicos pueden ser muy crueles, pero cuando trabajas en un puesto como ése, todo es de broma. No los dejes reírse de ti. Ríete con ellos.

—¡Ah! Lo dices como si fuera muy fácil.

Tere se anotó para el turno de las diez. Alicia y Mari estarían trabajando en el puesto de la panadería a la misma hora y no tendrían que verla sucia e infeliz.

La parte trasera del puesto tenía un muro de madera pintado con el pelo y el sombrero de un payaso. El espacio para la cara del payaso estaba recortado para que encajara la cabeza de un voluntario. Los niños cambiaban cuatro boletos por un plato de estaño lleno de crema para afeitarse. Con él trataban de pegarle a la cara del chico voluntario.

—¡Miren! La chica española está trabajando con nosotros! —Mary Beth Jackson gritó cuando Tere se acercó al puesto.

—No soy española, soy cubana —dijo Tere, ocupándose de los platos de aluminio.

—Muy bien, la chica cubana está trabajando aquí.

Tere sólo movió la cabeza. Empezó a llenar los platos con la crema blanca.

—¿Quién va a ser el primero en la cabeza del payaso? —Kelly también estaba trabajando en el puesto. Ella hacía todo lo que Mary Beth Jackson le pedía. Tere estaba segura de que Mary Beth Jackson le había pedido a Kelly trabajar con ella.

—Yo quiero ser la primera —dijo Mary Beth Jackson.

—Yo sigo después. ¡Esto va a ser divertido! —dijo Kelly.

—Yo no quiero hacer ese trabajo —le dijo Tere a las chicas—. Yo prefiero recoger los boletos y tener los platos listos.

—¡Eso me parece muy bien! —dijo Mary Beth Jackson, corriendo hacia atrás de la pared—. La parte divertida es que te den con los pasteles.

Muy pronto tuvieron sus primeros clientes. Cuatro chicos se detuvieron en el mostrador riéndose de la cabeza de la chica saliendo de la pared.

—¡Páguenle a la chica cubana, y me pueden tirar un pastel! —les gritó Mary Beth Jackson.

Kelly y Tere tomaron sus boletos y les dieron pasteles a los chicos.

—¡Les apuesto que ninguno de ustedes logra pegarme! —Mary Beth Jackson los retaba y se reía.

Un grupito de niños se reunió rápidamente para ver la diversión.

El primer chico lo intentó. Su pastel le dio al sombrero del payaso y la crema se escurrió.

—¡No fue lo suficientemente bueno! —gritó Mary Beth Jackson—. Inténtalo de nuevo.

El amigo del chico lanzó su pastel y también falló. Apenas unas gotitas de crema le cayeron en la frente y en la nariz. Mary Beth Jackson se rió.

—Sigues fallando —gritó.

El siguiente pastel le pegó en la oreja. Ella gritó encantada.

—¡Ustedes, los chicos, no tienen puntería!

Los espectadores se habían acercado más, y aplaudían y animaban a los chicos. Tere veía lo que pasaba divertida. Estaba contenta porque ella no era el objetivo.

Un pastel espumoso voló hacia la cara del payaso y le pegó a Mary Beth Jackson en la mejilla izquierda. Un lado de la cara la tenía embarrada de esa cosa blanca. Ella no se limpió la cara.

El público estaba encantado. Se animaba y gritaba con fuerza. Tere estaba en la esquina llenando más platos de aluminio. Se reía calladamente.

—¡Muy bien! —gritó Mary Beth riéndose—. ¡Ya están mejorando!

—¡Vamos a darle! —dijo Kelly gritándole a la multitud. ¡Nada más cuatro boletos por la oportunidad de pegarle a Mary Beth Jackson con un pastel!

—¿Quién sigue? —preguntó a gritos Mary Beth Jackson.

—Yo quiero un pastel —dijo Brian cuando él y sus amigos surgieron entre el público.

—Pasteles para nosotros también —dijo Karl. Él y Joe agitaban sus boletos en el aire.

Tere tomó los boletos de los chicos y les pasó los pasteles.

—¡Miren quién está trabajando aquí, muchachos! —Joe le dijo a los otros cuando tomó su plato de aluminio.

—¡Atenas! Te ves muy bonita y muy limpia. ¿Cuándo es tu turno en la pared? —le preguntó Brian con una sonrisa de diablillo en la cara.

Tere no le respondió. Sabía que sólo provocaría más burlas.

—¡Muy bien, chicos, vamos a ver si sirven para algo! —Mary Beth Jackson estaba lista para más.

El público crecía. Los niños gritaban y se animaban. Muchos pedían su turno. Las chicas recibían más boletos y pasaban más pasteles.

Karl orientó su cremoso plato de aluminio justo para hacer daño y lo consiguió. Le dió a Mary Beth Jackson en el centro de la cara. Todos rieron emocionados.

—¡Justo en el blanco! —gritó orgullosamente Karl.

Mary Beth Jackson se limpió la crema de afeitar de la boca dando un gran soplido. Metió las manos en el hoyo para limpiarse la crema de los ojos.

—Pásenme unas toallas de papel —le pidió a sus ayudantes—; no puedo ver nada.

Tere arrancó papel del rollo. Avanzó hacia la pared para dárselo al objetivo ciego.

—¡Oye, Atenas! ¡Danos una sonrisa!

Tere no tuvo tiempo de agacharse. El pastel espumoso salió volando del público y aterrizó en su cara.

De pronto el puesto comenzó a ser atacado. Los platos de estaño llenos de crema volaron por encima del mostrador, pegándole a Tere y a Kelly en todas partes del cuerpo. Cuando las chicas se voltearon para protegerse, los platos las golpearon en la espalda. El pelo de Kelly cambió de color negro a blanco en segundos.

Kelly gritaba y reía. —¡Deténganse! ¡Uno a la vez!

Mary Beth Jackson se estaba perdiendo la acción. Tenía todavía los ojos cubiertos con crema. —¡Se supone que me deben tirar los pasteles a mí! ¡Yo soy el blanco! —gritaba enojada.

Los espectadores se alocaron. Se terminaron los platos preparados y tomaron las latas de crema para afeitarse. Le lanzaban chorros de crema a las chicas cuando saltaban de un lado a otro, atrapadas dentro del puesto. Luego se apuntaron los chorros de crema entre ellos y corrían de un lado a otro como en una danza loca.

Tere escapó del puesto y corrió al vestidor en cuanto pudo. Las gotas de crema que caían de su cuerpo dejaban un rastro de pequeños montículos esponjados. Se limpió la cara con las servilletas de papel que todavía traía en la mano.

El vestidor estaba desierto. Ahí Tere se vio en el espejo. Su cabello castaño estaba apelmazado por la crema de afeitar. Se sentía pegajoso al tocarlo. Tenía la cara chorreada con mechones blancos. Así que de su bonita cara sólo se podían reconocer sus ojos color café.

Vio una sonrisa que surgió de sus labios blanquecinos. No le gustaban las burlas crueles, pero tuvo que reconocer que la parte del desorden fue divertida.

Al día siguiente, a Tere y a Mary Beth Jackson las sacaron de la clase de la señorita Martin. Les pidieron que se reportaran a la oficina de la directora. Tere sabía que ésta sería una visita difícil para ella. No tenía nada qué temer; sabía que no había hecho nada malo. Pero le iban a preguntar acerca de lo sucedido en el puesto, y ya, sin ser una soplona, tenía suficientes problemas con esos chicos.

La señora Ferro, la directora, llevaba un traje sastre gris. Siempre se vestía de traje, hasta para las asambleas al aire libre. A Tere le parecía que trataba de verse seria para intimidar a los estudiantes.

Kelly ya estaba sentada en una de las tres sillas frente al escritorio de la señora Ferro. Vio a las dos chicas, que entraron con los ojos abiertos de par en par.

—Algunos de los chicos más escandalosos fueron detenidos durante las luchas con la crema de afeitarse —explicó la señora Ferro—. El señor Taber estaba supervisando el área y puso punto final al alboroto. Pero no estuvo ahí cuando empezó. No pudo ver cuándo se armó el alboroto, así que los maestros no saben quiénes iniciaron el problema.

—Me dijeron que ustedes tres trabajaban en el puesto cuando empezó el desorden. —La señora Ferro se sentó en su escritorio y miró a las chicas a través de sus grandes lentes redondos.

Tere asintió con la cabeza y vio que las otras dos hicieron lo mismo.

—¿Qué estaban haciendo cada una de ustedes en ese momento?

Las chicas se vieron una a la otra tensas. Mary Beth Jackson habló primero.

—Yo estaba en la cara del payaso. Yo era el objetivo para los pasteles.

—¿Y tú, Kelly? ¿Qué estabas haciendo?

—Estaba recogiendo los boletos y entregando los pasteles a los chicos.

—¿Tere? ¿Cuál era tu trabajo?

—Estaba llenando los platos y también recogiendo los boletos.

—Entonces, las tres vieron cómo empezó. Vieron quiénes lo empezaron.

Tere sintió la boca seca. Tragaba aire seco.

—Yo no pude ver nada, —Mary Beth Jackson se apuró a explicar—. Me habían dado un pastelazo en la cara. Tenía los ojos cubiertos con crema de afeitar.

—¿Y ustedes qué? ¿Ustedes qué vieron?

—Yo le daba la espalda al público cuando empezó. Todo ocurrió muy rápido . . . —respondió rápidamente Kelly—. Tenía los ojos cubiertos de crema. Tampoco pude ver nada.

La señora Ferro miró a Tere y esperó su respuesta.

—Yo estaba ocupada. Le estaba dando a Mary *Besf* unas servilletas de papel para que se limpiara los ojos.

—Pero no me diste nada. Nunca me diste las servilletas de papel y no pude ver nada. Me tuve que limpiar con los dedos. Se me metió en los ojos y me dolieron —Mary Beth Jackson aclaró muy enojada—. Cuando abrí los ojos ya te habías ido.

—Me pegaron con los pasteles cuando caminaba hacia ti. Ya había mucho desorden —explicó Tere con un fuerte acento español. Vio que Kelly asentía con la cabeza—. Corrí al vestidor para limpiarme tan pronto como pude.

Mary Beth Jackson le gritó. —Se suponía que me ibas a ayudar. Te asustaste y nos abandonaste—. Tenía las cejas unidas en una mirada feroz.

—¡No es cierto! —respondió Tere defendiéndose.

—¡Basta, chicas! ¡Ya fue suficiente de gritarse una a la otra!

Tere y Mary Beth Jackson se calmaron. Pero Tere pudo ver con el rabillo del ojo que Mary Beth Jackson estaba resoplando muy enojada y la estaba mirando con ojos de diablo.

—Con seguridad, ustedes escucharon las voces de los líderes. Los reconocerían.

Las tres chicas se quedaron en silencio. Tere miraba sus manos en el regazo mientras la señora Ferro esperaba pacientemente alguna respuesta. Ninguna habló. Finalmente, la directora las mandó de regreso a sus clases.

Cuando se pusieron de pie, la señora Ferro le pidió a Tere que se quedara. Tere se sentó de nuevo. Mary Beth Jackson le lanzó una mirada amenazante. Tere se aflojó, derrotada, en la silla.

—¿Quién lanzó el primer pastel? —le preguntó la señora Ferro en cuanto estuvieron solas.

Se le pusieron los pelos de punta, como si una lagartija se le hubiera subido por atrás del cuello a la cabeza.

—Señora Ferro, yo no me di cuenta cómo ocurrió. Yo estaba de frente a Mary *Besf* con las servilletas de papel en la mano.

—Mira, Tere. Tu comportamiento en la escuela siempre ha sido excelente. Tus maestros reportan tus buenos modales y tu honestidad. Por eso te pedí que te quedaras. —La señora Ferro se recargó en su silla—. Estoy segura de que escuchaste las voces de los chicos en el mostrador. Les acababas de dar pasteles para lanzárselos al payaso. Espero que puedas darme los nombres de los chicos que iniciaron el desorden.

Tere tenía un dolor en el pecho que parecía ahogarla. El corazón le latía con más fuerza.

Claro que sabía que habían sido Brian, Karl y Joe. Ellos habían empezado con sus modales majaderos y su boca escandalosa. Pero Tere no los podía delatar. Su agresividad hacia ella aumentaría. Ya lo pasaba suficientemente mal. Además, el público había sido incitado y se había unido a la guerra de espuma inmediatamente. Parecía que todos estaban listos para la lucha.

—En verdad no vi quién empezó. No conozco el nombre de muchos de los chicos. No conozco a los chicos —le dijo Tere a la señora Ferro con su acostumbrado acento español.

Todos en la escuela sabían lo que había ocurrido. Brian, Karl, Joe y otros dos chicos habían sido detenidos. Tenían que ir a la escuela los sábados a rastrillar las hojas y a limpiar las áreas sucias.

A los chicos no les gustó eso. Tere se dio cuenta por la manera en que actuaban. Estaban callados en las clases y se agrupaban para murmurar en los pasillos.

Alicia, Mari y Tere caminaban hacia la puerta principal después de las clases. Ahí las chicas tomaban caminos diferentes todos los días. Alicia y Mari vivían al norte de la escuela y caminaban a la casa juntas. Tere vivía en la dirección opuesta y caminaba a través del campo de la escuela sola.

—Yo creo que el castigo fue muy duro, —dijo Alicia—. Las amigas se hablaban en español.

—Tienen lo que se merecen, —dijo Mari, deteniéndose para mirar a Alicia—. Asaltaron el puesto e hicieron un desastre. Ya nadie pudo jugar en ese puesto.

—Sí, yo creo que arruinaron la diversión de otros —acordó Alicia.

—Pero el público estaba listo para atacar. Yo creo que los chicos hubieran asaltado el puesto, incluso sin el liderazgo de Brian —les aseguró Tere a sus amigas.

—¿Así que fue Brian quién empezó? —Mari le preguntó a Tere.

—Él fue. Pero los demás lo siguieron de inmediato. Todos querían un pleito sucio.

—¿Eso fue lo que le dijiste a la directora? —le preguntó Alicia con sorpresa.

—¡Claro que no! Le dije que no había visto quién empezó y que no conocía a muchos de los chicos.

—Pues ellos creen que tú dijiste el nombre de todos los chicos en problemas —le comentó Alicia a su amiga con una mirada seria.

—Mary Beth le dijo a todos que la directora te había pedido que te quedaras. Dijo que tal vez dijiste algo, porque ella y Kelly no dijeron nada, —agregó Mari, que miraba a Tere, con sus espesas cejas levantadas.

—Yo no se lo dije a la señora Ferro. Ni siquiera cuando me quedé sola con ella. —Tere agitó la cabeza—. Ustedes saben que ya no quiero más problemas con esos chicos.

—Nosotras sabemos que no los delataste. Pero te queríamos advertir —dijo Mari.

—Sí, gracias —respondió Tere cambiándose de lugar la pesada mochila de libros—. Que tengan un buen fin de semana.

Tere caminó hacia la puerta trasera del campo de juego. Ése era el camino más directo a su casa. Desde ahí, eran cuatro aceras sombreadas, alineadas con árboles. Frecuentemente veía a los chicos de la escuela tomar esa ruta. Hoy no había ni uno por ahí.

De pronto escuchó pasos rápidos detrás de los setos. Los arbustos se agitaron. Tere se puso en guardia.

—¡Ahí viene! ¡Ahí viene!

Tere escuchó los susurros apagados. Y se preparó para el posible problema. No se regresaría.

Era un largo camino. Además terminaría en la misma calle y los chicos la estarían esperando igual.

Tere decidió ser valiente y enfrentar lo que ellos tenían que decir. No había hecho nada malo.

Abrió la puerta y caminó hacia el otro lado de los setos. El grupo la estaba esperando. Brian, Joe, Karl y otros dos la querían encarar en el pequeño puente peatonal sobre la zanja. Todos los chicos que habían sido castigados estaban ahí. También Mary Beth Jackson.

Tere tomó aire y caminó hacia ellos.

—Atenas, qué gusto verte —dijo Brian con una sonrisa burlona.

—Sí, es justo la persona que queríamos ver hoy —Karl se sonrió con los otros.

Los chicos le bloquearon el paso al puente peatonal y Tere se vio obligada a detenerse.

—¿Qué quieren? —les preguntó con la cabeza erguida.

—Queremos saber qué le dijiste a la directora, chica española —dijo Karl.

—Ya sabemos lo que le dijo a la directora; queremos saber por qué —gritó Brian amenazadoramente.

—Soy cubana, no española —dijo Tere con orgullo.

—¿Qué diferencia puede haber, chica cubana? Nada más dinos por qué nos delataste —dijo Brian elevando la voz muy enojado.

—Yo no dije nada de ustedes, si eso es lo que piensan. —Tere estaba esforzándose por lograr su mejor pronunciación en inglés. Pero seguía pronunciando con una "s", lo que en inglés era "th". El grupo igual rió.

—Le dijiste a la señora Ferro nuestros nombres. Nos llevaron a su oficina inmediatamente después que tú saliste —gritó Karl.

—¡Sí! Todos saben que Kelly y yo no dijimos nada. Tú hablaste con ella a solas —Mary Beth Jackson le dijo uniéndose a las acusaciones.

—¿De qué otra manera podría saber nuestros nombres? —preguntó Joe.

—¡Ustedes estuvieron ahí. Todos ustedes tenían latas de crema para afeitarse en las manos. Así fue cómo supieron que habían sido ustedes!

—Había muchos chicos en el pleito. Pero nada más a nosotros cinco nos castigaron —dijo Brian.

—El señor Taber vio lo que hicieron. —Tere alzó los hombros—. Estaba muy claro para él. Además, a donde ustedes van hay problemas. ¡Ustedes saben eso!

—¡Debemos darte una paliza por bocona! —gritó Joe, elevando un puño por encima de su cabeza.

—Entonces, ¿qué le dijiste a la señora Ferro cuando te quedaste sola? —preguntó Brian más calmado.

—Le dije que no vi nada y que no conocía a muchos de los chicos. Estoy contenta de no conocer a muchos chicos. —Tere levantó la barbilla y frunció el entrecejo.

—¡Muy bien! Tal vez está diciendo la verdad. Déjenla pasar. —Brian miró hacia el suelo y agitó la cabeza como si se estuviera rindiendo. Una sonrisa estaba formándose sigilosamente en su cara.

—¿Dejarla cruzar el puente? ¡De ninguna manera! —grito muy enojada Mary Beth Jackson.

Los chicos se movieron, pero Mary Beth Jackson aún bloqueaba el camino.

—Déjala pasar, Mary Beth —dijo Brian.

Tere lo vio justo a tiempo, cuando le enviaba con un guiño un mensaje a los otros. Se dio cuenta que algo iba a pasar. No iban a dejar que Tere se fuera tan fácilmente. Tal vez planearon empujarla a la zanja cuando cruzara el puente peatonal. Tere agarró con fuerza su mochila y caminó hacia delante.

—No la dejen salirse con la suya tan fácilmente —les gritaba Mary Beth Jackson a los chicos.

Mary Beth Jackson caminó unos pasos hacia atrás sobre el puente. Enfrentaba a Tere. Daba un paso hacia atrás con cada paso al frente de Tere. Caminaban lentamente, como equilibristas en la cuerda floja.

Tere tenía que cuidarse la espalda. No sentía confianza con los chicos parados ahí por mucho tiempo. Se volteó y vio que ninguno se había movido. Todos veían la acción y sonreían. Rápidamente miró hacia el frente de nuevo para cuidarse de Mary Beth Jackson.

Fue entonces cuando Tere vio algo extraño en el suelo, en el otro lado del puente donde el concreto se junta con la hierba. Por todo el ancho de la senda, el suelo estaba más bajo. El pasto allí tenía algo extraño, parecía artificial. En algunos lugares Tere creyó ver cartones por debajo del montón de hierba.

¡Era una trampa! Los chicos le habían preparado una simple trampa, como si ella fuera una criatura salvaje sin sentido común.

Tere y Mary Beth Jackson estaban en el borde. El avance y retroceso de Tere y Mary Beth prosiguió lentamente. Tal vez si Tere hubiera caminado más rápido y, en su lugar, se hubiera cuidado más la espalda, no habría visto esa trampa ridícula.

—¡Ésta es nuestra oportunidad de quedar a mano! ¡No la dejen escapar! —Mary Beth Jackson les gritó a los chicos.

Mary Beth Jackson estaba a un paso de la trampa.

Tere les demostraría a todos que no era tan fácil engañarla. Dio un paso rápido hacia Mary Beth Jackson alterando el ritmo. La chica caminó hacia atrás rápidamente. Su pie aterrizó en el cartón escondido, empapado y curvo por el peso del pasto. La suave cubierta cedió. Hizo caer a Mary Beth Jackson a la trinchera que los chicos habían preparado. El cartón empapado se resbaló con su peso y ella cayó hasta el fondo de la zanja fangosa. Su pelo rubio se llenó de tierra y hierba, y su ropa de barro. Quedó en el fondo fangoso con la cara hacia abajo.

—¡Aaaay! —Un grito desgarrado se oyó en todo el vecindario cuando levantó la cara llena de fango.

Los chicos se doblaban de la risa. Karl no podía ni respirar a causa del espasmo que lo estremecía. Brian apuntaba hacia la figura en la zanja, pero no le salían las palabras. Sólo podía reír. Las gorras volaban, sus pies golpeaban el suelo. Se reían como si hubiera sido muy chistoso.

Mary Beth Jackson los miraba a través de sus pestañas mojadas. Aunque el fango le cubría la cara, Tere pudo ver que el entrecejo fruncido por el coraje estaba a punto de cederle el paso a las lágrimas.

Tere sintió compasión por ella, a pesar de que las últimas palabras de Mary Beth Jackson habían sido en su contra. Tal vez se debía a que Tere entendía el sentimiento de humillación, o tal vez que pudo haber alertado a la chica y no lo hizo, pero Tere comprendió que no podía simplemente irse de ahí.

Tere brincó la trampa hacia el suelo seco y acomodó su mochila. Caminó hasta la orilla de la zanja y cuidadosamente se aproximó a Mary Beth Jackson.

La figura embarrada de fango que estaba en el fondo miraba hacia arriba, a Tere, con lo ojos muy abiertos.

Mary Beth Jackson la miraba como si fuera un conejito de chocolate con los ojos abiertos de par en par. Mantenía la boca cerrada para evitar que le entrara fango.

—Vamos, dame la mano, —le dijo Tere calmadamente. Conociendo a Mary Beth Jackson, Tere pensó que fácilmente la podía halar al fondo fangoso. Pero Tere quiso ayudarla.

Mary Beth Jackson se impulsó sobre el fondo sucio de la zanja. Se levantó lentamente. Cascadas de fango caían de su ropa y goteaban en la alberca café haciendo ligeros sonidos acuosos.

Los chicos miraban encantados. Una risa sofocada se les escapaba mientras veían la mugre café que goteaba de su ropa.

Tere le tendió la mano y se balanceó en la orilla. Mary Beth Jackson intentó dar un paso. Su pie hizo un chasquido cuando lo levantó. Se veía como un pesado alce caminando en el agua. Tere tuvo que luchar para no sonreír.

Finalmente, Mary Beth Jackson alcanzó la mano que se le ofrecía. Tere ya no estuvo segura de poderla sacar cuando la mano resbalosa, llena de fango se le zafó. Pero el segundo intento tuvo éxito. Tere se agarró de un arbusto con su mano libre. Las dos chicas lograron salir de la orilla fangosa lentamente. Cuando alcanzaron la superficie aún estaban tomadas de la mano.

❧

Las chicas recogieron sus mochilas y caminaron juntas. Ninguna volteó a ver a los chicos.

—Gracias —dijo Mary Beth Jackson. Sus zapatos chapaleaban con cada paso que daba.

Tere se encogió de hombros. —No podía abandonarte viéndote así.

—Pero yo fui muy mala contigo.

—Sí.

—Honestamente, no sabía de la trampa.

—Sí. Si hubieras sabido, ¿les habrías ayudado a aventarme a la zanja?

Hilos delgados de fango corrían por la ropa y la piel de Mary Beth Jackson. Tere trataba de no reírse del tiradero de fango.

—Estás dejando un rastro de fango. —Tere apuntó hacia la acera atrás de ellas—. Yo vivo a unas casas de aquí. Te puedes lavar ahí.

—Gracias. No sabía que vivías tan cerca de mí. Yo vivo en la siguiente manzana —dijo Mary Beth Jackson.

—¿Sí? No sé si esa es una noticia buena o mala para mí.

Mary Beth Jackson se rió. —No te culpo por no tenerme confianza. No he sido amable contigo.

Caminaron calladas por un rato. Sólo se oía el chapaleo de los zapatos de cuero y de la ropa empapada.

Entraron al jardín de Tere y caminaron hacia el garage, donde una manguera estaba enroscada en el suelo.

—¿Me puedo enjuagar con esta manguera? —preguntó Mary Beth Jackson.

—¡Espera! Antes que lo hagas te voy a traer un espejo. ¡Debes ver cómo te ves con el pelo de chocolate! —bromeó Tere.

—¡Imposible! Nada más quiero quitarme esta mugre de encima.

Tere le abrió a la llave del agua y sostuvo la manguera mientras Mary Beth Jackson se frotaba la cara y se exprimía el pelo. La camiseta y los shorts goteaban fango cuando los frotaba y los exprimía, y así cualquier pedazo de tela. Lentamente, el fango apelmazado fue dejando lugar a los mechones de pelo rubio y al azul claro de la camiseta.

—Te ves como una persona nuevamente, —le dijo Tere—. Toma la manguera mientras voy por una toalla.

—Espero que esta vez regreses. ¡La última vez que me ibas a dar una toalla huiste! —Con las manos en la cadera, Mary Beth Jackson se sonrió burlonamente.

—Tal vez te lo mereces. Tú me robaste la toalla en el cuarto de los casilleros. —Tere le echó un chorro de agua en la cara a Mary Beth, riendo—. Tendrás que confiar en mí.

Mary Beth Jackson agarró la manguera. Le habló a Tere y le echó un chorrito de agua. —Tú también tendrás que confiar en mí.

Tere le dio una toalla y la chica se la puso sobre los hombros. Se sentaron en los escalones de la puerta de la cocina.

—No quise dejarte con la crema de afeitar en los ojos, —dijo Tere suavemente. A mí también me pegaron en la cara—. Corrí para limpiarme tan rápido como pude.

—Sí, ya sé. Estaba enojada contigo por haberte ido, pero creo que yo hubiera hecho lo mismo.

—No me gusta ser el centro de atención, ni tampoco ensuciarme. —Tere agitó la cabeza—. Pero parece que a ti sí te gusta. Los chicos son tus amigos.

—¡Ya no! —gritó Mary Beth Jackson—. ¡A ellos no les importa nadie, salvo ellos mismos!

—Bueno, lo que hicieron en el carnaval estuvo mal. Ahora me quieren culpar por sus problemas.

Mary Beth se examinó las manos, que las tenía sobre el regazo. —Yo también te he estado molestando —admitió calladamente.

—Es fácil molestar a alguien diferente. Mi inglés no es tan bueno.

—Sí. Tus palabras suenan distinto algunas veces, pero estoy aprendiendo que no eres tan diferente. Eres como cualquiera de nosotros.

Tere recogió la mochila de Mary Beth. Le quitó el fango con una alfombra vieja.

—Sólo me gustaría que no hablaras español con tus amigas cuando hay otras personas cerca —dijo Mary Beth—. Uno siente como si trataran de ocultar algo.

—Ah. No hablamos español cuando hay alguien con nosotras que no entiende.

—Bueno, parece que están hablando de la gente que está alrededor. Me hace sentir incómoda.

—Hablamos español porque es más fácil para nosotras. No porque queremos hablar de otros. —Tere agitó la cabeza.

—Sí. Supongo que la lengua que aprendiste cuando eras una niña es la más fácil de hablar.

—Yo intento decir las palabras correctamente en inglés, para que los chicos no se rían de mí en clase.

—¡Bueno, ya no se van a reír! ¡Yo te lo aseguro! —Mary Beth miraba a Tere con una mirada seria en la cara.

Tere se daba cuenta de que su nueva amiga hablaba en serio.

—Hay una película que quiero ver este fin de semana. ¿Quieres ir conmigo? —preguntó Mary Beth.

—Claro. Me encantan las películas. —Tere la miró y sonrió. Luego le tiró una indirecta—. Puedo

contar con tu ayuda para mi tarea de inglés, ¿verdad?

—¡Tú sí que sabes divertirte! —Mary Beth le respondió jugando.

—Bueno, yo pensé que me podías ayudar con las palabras que no puedo pronunciar bien. Ni siquiera puedo decir bien tu nombre. Mary *Besf*. ¿Ves? ¡Eso es lo mejor que puedo hacer!

—Mary Beth-th. —Pronunció su nombre lentamente—. Saca la lengua y pon los dientes de arriba encima de ella. Ahora di, Beth.

Tere siguió las instrucciones y lo intentó. —Befff, Befff.

—No, no, Tienes los dientes sobre los labios. Inténtalo de nuevo. Los dientes sobre la lengua.

—Beth. —El sonido salió suavemente, lentamente. Pero era correcto.

—¡Ya lo hiciste! —gritó Mary Beth.

—Siento que estoy escupiendo cuando hago eso. Para los cubanos es de mala educación hacer ese ruido.

—Sí, yo creo que es como escupir. —Mary Beth se rió—. Te vas a acostumbrar y dentro de poco ya no pensarás así.

—¿Me enseñas a decir correctamente, en inglés, palabras con *th*? —Tere practicaba el nuevo sonido.

—Bueno, corregir a las personas constantemente no es de buena educación para nosotros —le explicó Mary Beth.

—Lo vas a hacer como una manera de ayudar a una amiga. ¿Cómo va a estar mal eso?

—¡Claro! Te ayudo con mucho gusto —dijo Mary Beth.

—Podemos hacer la tarea después del cine, si quieres.

—¡Tus *th* suenan perfectas! —Mary Beth sonrió feliz de haberla ayudado—. Tal vez nos podamos reunir mañana otra vez para hacer la tarea. Tú me puedes ayudar con matemáticas.

—¡Trato hecho! Primero nos divertimos. Luego nos ayudamos con la tarea. —Tere sonrió orgullosa.

Tere agarró su pelota de baloncesto del garage, y la hizo rebotar en la entrada.

—¡Los chicos ya no te van a decir más Atenas! Te lo aseguro. ¿Por qué los dejas? —Mary Beth agarró la pelota cuando Tere se la pasó.

—Cuando dicen cosas así, sólo demuestran lo estúpidos qué son. No hay necesidad de corregirlos. No se puede evitar que sean estúpidos. —Tere se encogió de hombros. Habló lentamente para practicar los sonidos difíciles.

—¿Entonces por qué nos corriges cuando te decimos española? —Mary Beth regateaba la pelota. De su pelo y su ropa caían gotas de agua con cada movimiento.

—Eso no es un insulto. Estoy muy orgullosa de ser cubana. Sólo tienes que decir el país correcto.

—Tere corrió entre Mary Beth y la pelota y se la ganó a su amiga. Luego se la lanzó a Mary Beth.

—Yo también estoy orgullosa de ser americana. Supongo que es como si alguien me llamara "chica americana".

—Sí. Pero yo también soy una chica americana. Cuba es parte de América. Norteamérica. Así que al nacer en Cuba, también nací en América.

—¿Y yo qué soy? —Mary Beth rebotaba la pelota.

—Tere se rió. Yo creo que tú eres una "chica de los Estados Unidos de América".

El señor Baxter había llamado a cinco estudiantes a la pizarra. Cada uno tenía que resolver un problema, y en voz alta, dar la respuesta a la clase.

Tere temblaba cuando estaba frente a la clase. El polvillo blanco de la tiza le cubrió la mano. Sabía que su problema matemático estaba bien. Pero tenía que decir la respuesta en voz alta para que todos oyeran. Tere la ensayaba en su cabeza: dos mil cuatrocientos ochenta y tres. ¡Si pudiera pronunciar esas *th* bien!

Robbie, el chico amigable, dio su respuesta: —ciento cincuenta y cinco.

—Muy bien —dijo el señor Baxter.

Ahora era el turno de Tere. Tere miró a la clase y sus ojos encontraron a Mary Beth. Ésta tenía la lengua de fuera, puesta entre los dientes. Se veía chistosa. Tere trató de no reírse, pero una risilla se le escapó.

—Tere, vamos a ver tu respuesta. —El señor Baxter se le acercó.

—Dos mil, cuatrocientos, ochenta y tres. —Tere dijo los números cuidadosamente. Tenía los dientes sobre la lengua de manera correcta. Su acento fue perfecto.

La clase estaba en silencio. No había de qué reírse.

Tere le guiñó el ojo a Mary Beth. Y Mary Beth le hizo una señal de aprobación con el pulgar.

Alicia y Mari miraron con la boca abierta a las dos chicas. Tere y Mary Beth, cada una, cargaba su bandeja de comida y se reían juntas.

—¿Nos podemos sentar con ustedes? —Tere le preguntó a sus amigas cubanas, en inglés.

Alicia y Mari estaban muy sorprendidas como para responder. Sólo asintieron con la cabeza.

—Conocen a mi amiga Mary Beth, ¿verdad? —Tere le preguntó a sus amigas—. Ellas son mis amigas, Alicia y Mari.

—Sí. Las conozco de vista, aquí en la escuela. —Mary Beth le sonrió a las dos chicas de cabello color café.

—Qué bueno que te acordaste de las papitas fritas. Aquí está tu sándwich. —Tere le pasó a Mary Beth una bolsa de plástico.

—Desde que lo comí en tu casa este fin de semana, me encantó la mezcla del queso crema y la mermelada de guayaba. Ya le pedí a mi mamá que me comprara esas cosas. —Mary Beth hablaba mientras se comía el sándwich que Tere le había preparado.

Alicia y Mari se miraban incrédulas. Movían la cabeza con desconcierto.

—Mary Beth y yo tuvimos una gran idea.

—Sí —dijo Mary Beth. Le dio un trago rápido a la leche—. Estamos organizando un equipo de baloncesto. Tere y yo queremos que estén en el equipo.

Alicia y Mari observaron a Tere con los ojos muy abiertos.

—¿Todas nosotras? ¿En un equipo? —Alicia preguntó incrédula.

—Ahí está Kelly. —Mary Beth la saludó con la mano—. ¡Ven a almorzar con nosotras!

Kelly se sentó con el extraño grupo.

—Estamos organizando un equipo de baloncesto. ¿Te gustaría estar en el equipo? —Tere le preguntó a Kelly, quien parecía confundida.

—¿Cómo crees que debemos llamarnos, Tere? —Mary Beth le dio otra mordida a su sándwich.

—Yo tengo el nombre perfecto —dijo Tere con una gran sonrisa: "Las chicas americanas".

Nota del traductor: Algunas palabras relacionadas con los deportes se conservan en inglés, mientras que otras se escriben como aparecen en los periódicos hispanoamericanos. Lo que se conservó en inglés se escribió en itálicas.

Guía de estudio

Temas

- **Aceptación cultural**
- **Asimilación**
- **Maduración**

Visión general de la enseñanza

Quedando bien es una serie de relatos que provee un rico contexto cultural para aprender más sobre Cuba, en general, y sobre los cubanos que viven los Estados Unidos, en particular. El libro ofrece imágenes de lo que es ser una joven madura con los temas de la amistad, los niños, la ropa y la aceptación entre compañeros. En ancha escala, los relatos se prestan para una exploración de temas como el inglés como segundo idioma así como la asimilación cultural.

Aunque los relatos perfilan a protagonistas de 13 a 15 años, este libro es apropiado para varones de esas edades porque ellos también se enfrentan con los mismos retos y problemas de las protagonistas.

Como cada relato no depende de los otros, el maestro puede seleccionar trabajar con este libro en su totalidad o por partes. Para facilitar esta opción y porque cada relato ofrece aplicaciones únicas de aprendizaje, esta Guía de estudio está organizada en cinco mini sub-guías con el título de cada relato. Cada sub-guía contiene un resumen del relato; estrategias de comprensión con actividades específicas de pre, durante y post lectura; y lecturas adicionales sobre los temas generales y del libro en su totalidad.

Para la comodidad del maestro y para llenar los requisitos del plan de lección, las actividades de Language Art en esta guía satisfacen el estándar de contenido generalizado por las siguientes áreas de aptitud de conocimiento: escuchar, hablar, leer, escribir y ver.

ESTRATEGIAS DE COMPRENSIÓN

Bajo el título de cada relato, el maestro encontrará "Estrategias de comprensión", "Antes de la lectura", "Durante la lectura" y "Después de la lectura" que contienen actividades para mejorar las destrezas de escuchar/hablar, leer, escribir y ver. En esta guía, las destrezas para ver se refieren a la habilidad del estudiante para entender e interpretar imágenes visuales, mensajes y significados. Cuando sea apropiado, la destreza señalada en cada actividad se pondrá entre paréntesis.

I. "Mi abuelita nunca fue joven" (9-38)

RESUMEN DEL RELATO: Sari, una adolescente, con frecuencia se avergüenza de su abuela quien habla español. Sari desea que su abuela hable más inglés porque Sari siempre termina en situaciones incómodas teniendo que traducir como en la farmacia o durante una de las pruebas de vestido de la señora Perry. Sari evita ver a sus amigas cuando sale con su abuela. Su abuela, mientras tanto, verdaderamente aprecia la asistencia lingüística de Sari y decide sorprenderla con un vestido hecho en casa para el baile de la escuela. Sari desea que cierto joven la invite al baile y se lo confía a su abuela. La abuela advierte una oportunidad para conectar y le presenta a Sari, con mucha alegría, el vestido que secretamente le confeccionó. El vestido no está a la última moda de las adolescentes y Sari lo odia. Aunque la reacción de Sari hiere a su abuela, la situación desencadena una inesperada historia sobre la adolescencia de su abuela. Sari reconoce que su abuela también fue joven.

ESTRATEGIAS DE COMPRENSIÓN

ANTES DE LA LECTURA

Invite a los estudiantes a estudiar la portada y el título del libro y a que hagan predicciones sobre lo que pasará en el relato basándose en sus observaciones. (**Lectura**: predicción, conocimiento anterior.) (**Ver**: interpretación; cómo es que la ilustración extiende el significado del relato.)

Explore el tema de la vergüenza. Con un grupo grande, haga una lista semántica de sinónimos para la palabra y cualquiera de sus formas (ej. vergonzoso, avergonzado, vergüenza, etc.). Pídales a los estudiantes que escriban una pequeña anécdota de un momento o situación cuando ellos se sintieron avergonzados sin usar la palabra en ninguna de sus formas. Aliente a sus estudiantes a resaltar exactamente qué fue lo que los hizo sentir así y por qué, así como cómo se sintieron en ese momento. (**Escritura:** expresar, describir y/o narrar.)

Como una extensión y/o alternativa, haga que los estudiantes compartan sus anécdotas en voz alta o en mini presentaciones orales. (**Escuchar/Hablar:** conectar sus experiencias con las de otros a través del diálogo y escuchando.) Pídales a sus estudiantes que mientras lean se fijen en ejemplos en el relato en donde Sari siente vergüenza.

MIENTRAS LA LECTURA AVANZA

Asigne el relato "Mi abuelita nunca fue joven" durante el cuadro de lectura en silencio para dos sesiones diferentes y/o incorpórela a la lectura asignada para hacer en casa. (**Lectura:** fluidez, lectura en silencio.)

Haga sus propias preguntas o use las siguientes, las cuales fueron diseñadas para mejorar o valorar la comprensión de lectura mientras la historia avanza. (**Lectura:** comprensión.) Las preguntas pueden instar discusiones en clase entre todos o en pequeños grupos (**Escuchar/Hablar:** escuchar/hablar/apreciación.) y/o como tareas para hacer en casa. (**Escritura:** la escritura para una variedad de propósitos; expresar, descubrir, grabar, desarrollar, reflexionar sobre ideas y/o solucionar problemas.) Las preguntas de comprensión y discusión pueden incluir:

Sesión I: (Asigne pgs. 9-24)

1. ¿Qué tipo de trabajo hace la abuela de Sari a medio tiempo? ¿Tienes abuelos que vivan contigo en tu casa? Si sí tienes, ¿trabajan medio tiempo para ayudar en casa?
2. ¿Cómo le ayuda Sari a su abuelita durante la prueba del vestido de la señora Perry? ¿Por qué le parece vergonzosa la situación a Sari?
3. ¿Qué es *spanglish*? ¿Cuándo lo hablan Isabel, Glori y Sari? ¿Cuál es su acuerdo tácito? ¿Sabes *spanglish*? Da algunos ejemplos.
4. Sari y sus amigos tienen dos preocupaciones grandes con respecto al baile de la escuela: los vestidos que llevarán y si los niños las invitarán o no. ¿Tienen las mismas preocupaciones los chicos y chicas en tu escuela con respecto a los bailes en la escuela? Describe en qué forma tu situación es similar y/o diferente.

5. ¿Por qué fue la abuela de Sari a la farmacia? ¿Cuál fue el rol de Sari y por qué se le hizo vergonzoso? ¿Te daría vergüenza a ti? ¿Por qué sí o no?

Sesión II: (Asigne pgs. 24-37)

1. En la página 26 la mamá de Sari dice, "Tú sabes que Abuelita siempre está pensando en cómo ayudarte. Ella se desvive por ti". Da algunos ejemplos que apoyen esta afirmación. ¿Crees que Sari aprecia los gestos de amabilidad de su abuela? ¿Por qué sí o no?
2. ¿Por qué Sari temía al momento en que recibiría el vestido de su abuela?
3. En la página 28 Sari dice, "Abuelita nunca fue joven". ¿Qué crees que Sari quiere decir con esto?
4. ¿Qué opina Sari del vestido? ¿Habrías manejado la situación de otra manera? Explica tu respuesta.
5. Aunque se sintió ofendida por la reacción de Sari con respecto al vestido, la abuela de Sari decide compartir su historia sobre su tía Lucy. Como resultado, la percepción de Sari sobre su abuela cambia. ¿Por qué?
6. ¿Qué le hacen al vestido al final Sari y su abuela?
7. ¿A quién de tu familia crees que te le parecerás más cuando crezcas?

DESPUÉS DE LA LECTURA

Actividades para ver:

1. Vea la ilustración en la página 27. ¿En qué forma el uso de líneas y sombras que usó el ilustrador extiende nuestro entendimiento sobre el personaje de Abuela? (**Ver**: interpretación.)
2. En la página 31 dice, "El rostro de Abuelita mostraba el profundo dolor que le había causado". Dibuja tu propia ilustración de una cara envejecida utilizando los detalles que muestren un rostro que siente o expresa dolor. (**Ver**: producir visuales que extiendan significado.)

Actividades para escribir:

1. Pídale a los estudiantes que repasen y lean la rima/el poema bilingüe de la historia. (Vea el Glosario #1.) Aliente a sus estudiantes a componer una rima, un poema y/o un cuento divertido incorporando todas las palabras en inglés y en español de las cinco coplas en el poema. (**Escritura**: propósitos; entretener.)

2. Aliente a sus estudiantes a ser considerados y a apreciar a la familia y/o a las relaciones de familia. Pídales que escriban una nota, carta o correo electrónico corto de agradecimiento para por lo menos uno de sus parientes agradeciéndoles algo. (**Escritura**: uso práctico; conexiones.)

II. "Amigos del huracán" (pgs. 39-91)

RESUMEN DEL RELATO: Clari, de trece años, escucha las noticias sobre el huracán que se avecina a Miami y corre a su casa de la biblioteca. Decide ahorrarse cinco minutos de caminar al tomar un atajo cruzando por la cerca floja de la vecina. No es la primera vez que Clari ha tomado el atajo en el jardín de la señora Murphy, pero esta vez la anciana enojona va a casa de Clari y se queja con el padre de Clari. Clari tiene que traducirle y termina castigada por el fin de semana. Parece que la señora Murphy siempre tiene algo de qué quejarse y hasta regaña al papá de Clari por no hablar bien inglés.

A pesar de que la familia Martínez está de acuerdo en que la señora Murphy es una vecina latosa, están preocupados por su seguridad y bienestar ahora que se aproxima un huracán. Clari recibe valiosos consejos de sus padres sobre cómo prepararse para un huracán y descubre que el agua y la electricidad serán afectados. El huracán viene y ocasiona daños a la casa de los Martínez, pero también inicia el principio de una amistada especial con la señora Murphy.

Estrategias de comprensión

ANTES DE LA LECTURA

Inicie una discusión sobre el tema de los huracanes. Averigüe si alguno de sus estudiantes han experimentado uno y obtenga cualquier información previa que los estudiantes tengan sobre los huracanes.

(**Lectura**: comprensión, información previa y experiencia.) Haga que los estudiantes investiguen utilizando una variedad de recursos (ej. textos electrónicos, extractos, recursos impresos, etc.) sobre el tema de los huracanes. (**Lectura**: investigación.)

MIENTRAS LA LECTURA AVANZA

Asigne el relato "Amigos del huracán" durante una sesión de lectura en silencio por tres secciones diferentes y/o incorpórelo en las lecturas asignadas para hacer en casa. (**Lectura**: fluidez, lectura en silencio.)

Haga sus propias preguntas o use las siguientes, las cuales están diseñadas para mejorar o evaluar la comprensión de lectura conforme progresa el relato. (**Lectura:** comprensión.) Las preguntas pueden instar discusiones en clase entre todos o en pequeños grupos (**Escuchar/Hablar:** escuchar/hablar/apreciación) y/o una tarea para hacer en casa. (**Escritura:** escritura para una variedad de propósitos; expresar, descubrir, grabar, desarrollar, reflexionar sobre ideas, y/o resolver problemas.) Las preguntas de comprensión y discusión pueden incluir:

Sesión I: Asigne (pgs. 39-58)

1. ¿Por qué distrae Clari a su papá cuando entra corriendo por la puerta de enfrente después de tomar el atajo por la cerca de la señora Murphy?
2. En la página 43 el papá de Clari dice, "Así es que éste es el huracán que venía en camino". ¿Cuál es el sentido figurativo de este comentario? ¿Cuál es el sentido literal de este comentario?
3. ¿Cuál es el razonamiento que Clari usa para explicar su posición de por qué tomó el atajo? ¿Es convincente? ¿Por qué sí o no? ¿Qué agregarías para fortalecer su posición?
4. ¿Por qué piensa Clari que la señora Murphy es una gruñona? ¿Estás de acuerdo? Explica.
5. ¿Cómo se preparan los papás de Clari para el huracán? Haz una lista de cosas específicas en las que piensan y hacen como parte de sus preparaciones.
6. ¿De qué otras cosas se queja la señora Murphy? ¿Crees que la señora Murphy es una persona mala? ¿Por qué sí o no?

Sesión II: Asigne (pgs.58-73)

1. ¿Qué significa cuando se dice que un área está bajo aviso de huracán?
2. ¿Cómo ayuda el automóvil de "Transporte Metro-Dade" a la gente durante el peligro del huracán? ¿Cuáles son las reglas sobre las mascotas y cómo afecta esto a la señora Murphy?
3. ¿Crees que la motivación de Clari por ayudar a la señora Murphy con su gato, Medianoche, tiene más que ver con un cambio en sus sentimientos hacia la señora Murphy o en su preocupación por el bienestar de Medianoche? Describe tu posición.

4. Tanto la mamá como el papá de Clari se molestan el uno al otro por ablandarse con la señora Murphy. ¿Qué es lo que hacen y qué quieren decir con esto? ¿Qué hace que el papá de Clari anuncié que ella también se está ablandando?

Sesión III: Asigne (pgs. 73-91)

1. ¿Cuáles noticias sobre el huracán lo hacen terrorífico? Especifica.
2. ¿Cómo crees que el huracán se percibe desde la perspectiva de un animal? Describe tu respuesta en términos de lo que un pájaro o un gato llamado Kiki o Medianoche sentiría durante un huracán.
3. ¿Qué pasa con la ventana del baño? ¿Por qué es importante este incidente para la trama de la historia?
4. En la página 82 dice, "Clari no podía creer la fuerza del viento". ¿Qué tipos de daños encuentra increíbles?
5. ¿Qué dos cosas observa la señora Murphy inmediatamente después de que regresa a casa? ¿Qué le hace Clari a la señora Murphy que molesta a su mamá y hace enojar a su papá? ¿Cómo repone su maldad a la señora Murphy?
6. ¿En qué formas le demuestra la señora Murphy su aprecio a la familia Martínez? Haz una lista de por lo menos tres ejemplos.
7. ¿Cómo se resuelve finalmente el asunto del cerco?

DESPUÉS DE LA LECTURA

Actividades para ver:

1. En la página 45 la autora describe la sopa cubana o el picante picadillo con un aroma delicioso mientras hierve a fuego lento en la estufa. Haz una ilustración que represente la escena donde el espectador sienta el sabor picante y/o el delicioso aroma. (**Ver:** representación, producción de significado ampliado.)
2. Fíjate en la ilustración en la página 64. ¿Qué revela esa ilustración sobre el personaje de Clari? (**Ver:** interpretación, ampliación del significado del texto.) ¿Por qué crees que el ilustrador escogió esa ilustración como la única para esa historia? (**Ver:** interpretación, evaluación de la selección del ilustrador.)
3. En la página 74, la autora usa lenguaje colorido para describir cómo toca el viento en la casa: "Sonaba como una locomotora acercándose a gran velocidad"; "Las losas de cemento en el techo traqueteaban como mil castañuelas". En la página 79, la autora describe las ramas del árbol de toronjas que se asomaban por el vidrio roto: "Se veían como brazos delgados intentando meterse a la casa para

escapar de la tormenta". Escoge una de las descripciones y haz tu propia ilustración. (**Ver:** representación, producción.)

Actividades para escribir:

1. Haga que sus estudiantes se imaginen un área dañada por un huracán y que expliquen por escrito cómo se vería inmediatamente después de la tormenta. (**Escritura:** propósito, explicar.)
2. Haga una mini-lección sobre ejemplos de metáforas y lenguaje figurativo. Pídale a sus estudiantes que describan cómo se sentiría o se escucharía un huracán usando metáforas o lenguaje figurativo. (**Escritura:** propósito, utilizar mecanismos literarios.)
3. Haga que sus estudiantes crean y escriban su propio aviso noticiero avisando un huracán que se avecina. Anímelos a utilizar terminología meteorológica y a incorporar precauciones de seguridad. (**Escritura:** investigación, reportaje.)

III. "Hágalo usted misma" (pgs. 93-124)

RESUMEN DEL RELATO: En sus trece años, Mari nunca había escuchado la palabra "diorama". Sintió pánico cuando su maestra, la señora Graham, anunció que todos tenían que hacer un "diorama" que explicara el "ciclo de vida" en la Bahía Biscayne. Mari ya sabía que no podía preguntarle a la señora Graham sobre la palabra, parecía que muchos otros estudiantes tampoco sabían lo que significaba. Después de enterarse que su mamá no tenía idea del significado, Mari buscó por su cuenta en el diccionario de casa sin éxito. Deseaba que su papá aún viviera con ellas porque seguro que él sabría el significado. Frustrada y molesta, Mari tuvo que averiguarlo por su cuenta.

En la biblioteca de la escuela, le pidió ayuda a la bibliotecaria, la señora Frank quien se convierte en un recurso constante de ideas mientras Mari lucha con el presupuesto limitado y la falta de ayuda externa. Mari descubre que el usar su cabeza y sus manos puede tener más de una recompensa.

Estrategias de comprensión

ANTES DE LA LECTURA

Escriba la palabra "diorama" en el pizarrón. Pídale a los estudiantes que compartan las palabras que indiquen lo que quiere decir. (**Lectura:**

comprensión, conocimiento previo.) Basándose en la participación del grupo, asegúrese de que la clase entienda la palabra diorama y asigne un proyecto de un "diorama" que los estudiantes hagan fuera de la clase el día en que asigne este relato. (Por anticipado, envíe una nota a casa pidiendo que se preparen materiales extras para que los estudiantes tengan los útiles de antemano.) Las ideas para el diorama pueden incluir: cadenas de alimentación que le pertenecen a su área, comparaciones del clima entre Miami y su área, la vida marítima en general, la escena de una historia, etc.

MIENTRAS LA LECTURA AVANZA

Asigne el relato "Hágalo usted misma" durante el cuadro de lectura en silencio para dos sesiones diferentes y/o incorpórela a la lectura asignada para hacer en casa. (**Lectura:** fluidez, lectura en silencio.)

Haga sus propias preguntas o use las siguientes, las cuales fueron diseñadas para mejorar o valorar la comprensión de lectura mientras el relato avanza. (**Lectura**: comprensión.) Las preguntas pueden instar discusiones en clase entre todos o en pequeños grupos (**Escuchar/Hablar:** escuchar/hablar/apreciación.) y/o como tareas para hacer en casa. (**Escritura:** la escritura para una variedad de propósitos; expresar, descubrir, grabar, desarrollar, reflexionar sobre ideas y/o solucionar problemas.) Las preguntas de comprensión y discusión pueden incluir:

Sesión I: Asigne (pgs. 93-109)

1. Escribe tu propia definición de la palabra "diorama".
2. ¿Haz tenido una maestra como la señora Graham que espera que sepas lo que quiere decir o que lo averigües por tu cuenta? Si sí, ¿te gustaba esta característica de tu maestra? ¿Por qué sí o por qué no (sin mencionar nombres)? Si no, imagina que la señora Graham es tu maestra. ¿Te gusta esta característica en la señora Graham?
3. ¿Por qué piensa Mari que la señora Graham es una mujer extraña? ¿Crees que la señora Graham es una mujer extraña? ¿Por qué sí o por qué no?
4. ¿Qué tipo de diccionario tiene Mari en su casa? ¿Por qué no le sirve? ¿Cómo se siente la mamá Mari acerca del diccionario? ¿Por qué se siente Mari culpable por eso?
5. ¿Por qué Mari cree que su papá sabría ayudarla? ¿Por qué cree que su mamá no tiene las respuestas?

6. ¿Cómo se decide Mari a averiguar por su cuenta?
7. ¿Qué hace la señora Frank para ayudar a Mari? Especifica.

Sesión II (pgs. 109-124)
1. ¿Cómo empieza a cobrar forma el diorama de Mari? ¿Cómo se transforma en diversión el hacer el diorama para Mari?
2. ¿Por qué Mari se siente desolada después de escuchar a los otros estudiantes hablar sobre sus proyectos? ¿Cuál es la interpretación de "hecho en casa" en el sentido en que se usa en las páginas 110 y 111?
3. ¿Crees que debe haber un límite en la ayuda de los padres? ¿Por qué sí o por qué no?
4. ¿Cuáles materiales usa Mari en su diorama?
5. ¿Cómo tranquiliza la señora Frank a Mari? ¿Cuál es el mensaje principal de la señora Frank para Mari en todo el proceso?
6. ¿Cuál es el gran descubrimiento de Mari? ¿En qué forma crees que impacte su futuro?

DESPUÉS DE LA LECTURA

Actividades para ver:

1. Discuta el concepto de las cadenas de alimentación en los distintos ecosistemas (ej. el desierto, el océano, los altos llanos, etc.). Haga que los estudiantes seleccionen una cadena alimenticia particular en la naturaleza y que preparen su propio visual (ej. póster, bosquejo, gráfica, mapa, etc.) que represente un resumen de sus ideas. (**Ver:** representar, producción.)
2. Haga que los estudiantes localicen la Bahía Biscayne usando un mapa o un atlas. Obtenga sus ideas sobre lo que consideran aspectos importantes sobre el área en general, y sobre su cercanía a Miami en particular. (**Ver:** interpretación de mapas, cuadros y/o gráficas.) Aliente a sus estudiantes a que encuentren información específica sobre la Bahía Biscayne usando la variedad de recursos disponibles. (**Lectura:** preguntas/investigación.)
3. En la página 100, la mamá de Mari se pregunta sobre el significado de las "cadenas alimenticias". Dice, "¿Quiere que hagas una cadena con vegetales?" Haz tu propia ilustración de la cadena alimentacia en la Bahía Bicayne. (**Ver:** interpretación.)
4. Vea la ilustración en la página 123. ¿Por qué cree que el ilustrador seleccionó este dibujo como la única ilustración para el relato?

(**Ver:** la selección del ilustrador, la representación del significado del texto.) ¿En qué forma extiende el ilustrador el significado de la palabra diorama? (**Ver:** interpretación, extensión del significado del texto.)

Actividades para escribir:

1. El relato resalta el uso de los diccionarios para encontrar información y sus limitaciones. Genere una discusión sobre los distintos tipos de diccionarios y sus usos (ej. diccionarios con fotos, diccionarios de idiomas, diccionarios técnicos, etc.) Escriba en la pizarra varias palabras que sus estudiantes no conozcan. Haga que busquen los significados y que escriban lo que encuentren. (**Lectura:** identificación de palabras.)

   Como una extensión, pida que los estudiantes se pongan en grupos de dos y que se reten dándose palabras extrañas que crean que sus compañeros no conocen y que busquen el significado y lo escriban. Hágalos que busquen de 4 a 5 palabras cada uno y que entreguen las definiciones. Haga una lista de las palabras y haga una actividad de deletreo. (**Escritura:** deletreo.)
2. Haga que los estudiantes se pongan en grupos de 4-6 estudiantes y jueguen "Diccionario". Todos los participantes deben tener con qué escribir y varios papelitos. La primera persona selecciona una palabra de la que nadie sabe el significado. Los demás escriben el significado que suponen en un papelito mientras que la persona con el diccionario escribe la definición del diccionario en un papelito. Todos entregan su definición a la persona con el diccionario. Haga que los estudiantes escriban sus nombres cerca de las definiciones. La persona con el diccionario lee las definiciones. Los participantes escuchan y votan en voz alta e individualmente por la definición que creen es la correcta.

   Puntuación: La persona con el diccionario le da un punto a cada persona que adivinó la definición y le da un punto a las definiciones que recibieron votos. Si nadie adivina la definición correcta, la persona con el diccionario recibe el punto. Después de que cada persona en el grupo ha tenido un turno como la persona con el diccionario, el juego termina. El ganador es quien tenga más puntos. (**Escuchar/Hablar:** propósitos; **Lectura:** identificación de palabras; **Escritura:** propósito, persuasión.)

IV. "Opción múltiple" (pp. 125-162)

RESUMEN DEL RELATO: A Chari, de catorce años, se le llama a la oficina de la directora para que se encargue de una tarea delicada. Aunque Chari habla español e inglés, su tarea es servir de amiga y asistente a Yvette, quien recién llegó a los Estados Unidos de Haití. Es un reto al principio porque Yvette habla mayormente criollo y muy poco inglés. Pero Chari disfruta del privilegio de su pase permanente y dedica su energía a suavizar la transición de Yvette.

Entre más tiempo pasa Chari con Yvette, pasa menos tiempo con sus otras amigas que son parte del grupo "popular". Chari no sabe qué hacer con sus responsabilidades y con su deseo de pertenecer al grupo que tanto le tomó para que la aceptaran. Cuando Chari acepta la invitación a la fiesta de quince años de Yvette, descubre que también fue invitada a una gran fiesta en la playa, que parece será más divertida. Chari se enfrenta con el dilema y descubre sus valores en el proceso. Toma una decisión de la que no se arrepiente.

Estrategias de comprensión

ANTES DE LA LECTURA

Explore el tema de tomar decisiones con sus estudiantes. Hable sobre los tipos de decisiones que hace la gente, desde las más pequeñas (ej. cómo vestirse, qué desayunar) hasta las más importantes (ej. a quién escogemos para amigos o le que haremos en el futuro.)

Pídales a los estudiantes que respondan y reflexionen sobre sus propias experiencias al tomar decisiones. Aliente a sus estudiantes a que compartan cómo toman sus decisiones y cómo resuelven conflictos personales. (**Escuchar/Hablar:** propósitos, disfrutar y apreciar el aporte de otros.)

Haga que respondan por escrito. (**Escritura:** propósitos, que expresen y descubran) y/o oralmente (**Escuchar/Hablar:** conexión de su experiencia con la de otros) haga las siguientes preguntas:

1. ¿Cuál decisión difícil has tomado? ¿Sientes que tomaste la decisión correcta?
2. ¿Has tomado una decisión que sorprendió a todos los que conoces?
3. Tienes un examen importante mañana, pero uno de tus amigos te ruega que vayas al cine con él/ella. ¿Qué decisión tomas y por qué?

Invite a sus estudiantes a que estudien el título "Opción múltiple". Obtenga respuestas sobre lo que creen que significa el título. Pídales que hagan predicciones sobre el contenido de la historia. (**Lectura:** predicción, conocimiento previo.)

MIENTRAS LA LECTURA AVANZA

Asigne la historia "Opción múltiple" durante el cuadro de lectura en silencio para dos sesiones diferentes y/o incorpórela a la lectura asignada para hacer en casa. (**Lectura:** fluidez, lectura en silencio.) Haga que los estudiantes se refieran al glosario con regularidad cuando se encuentren con palabras en criollo. (**Lectura:** desarrollo del vocabulario.)

Haga sus propias preguntas o use las siguientes diseñadas para mejorar o valorar la comprensión de lectura mientras la historia avanza. (**Lectura:** comprensión.) Las preguntas pueden instar discusiones en clase entre todos o en pequeños grupos (**Escuchar/Hablar:** escuchar/hablar/apreciación.) y/o como tareas para hacer en casa. (**Escritura:** la escritura para una variedad de propósitos; expresar, descubrir, grabar, desarrollar, reflexionar sobre ideas y/o solucionar problemas.) Las preguntas de comprensión y discusión pueden incluir:

Sesión I: Asigne (pgs. 125-144)

1. Chari no sabe si estar orgullosa o temerosa cuando la llaman a la oficina de la directora. ¿Cuáles son las dos razones por las que cree que la llamaron a la oficina de la directora? ¿Estás de acuerdo? ¿Por qué sí o por qué no?
2. ¿Por qué llama la señora Hill a Chari a su oficina? ¿Cómo se siente Chari con lo que le dice la directora?
3. En la página 132, Chari recuerda cómo se sintió cuando recién llegó de Cuba. "Había sido doloroso nadar en un mar de extraños y no entender lo que decían". ¿Has tenido una experiencia similar? Si sí, descríbela. Si no, imagínate en una situación similar y describe cómo te sentirías.
4. ¿Cómo se comunican Chari e Yvette al principio? ¿Qué piensa Chari hacer para facilitar la comunicación en inglés con Yvette? ¿Qué observa Chari sobre el inglés de Yvette?
5. En las páginas 136-137, Chari teme que Yvette sepa lo que ella siente. ¿Cuáles son sus verdaderas emociones? ¿Cómo describirías el tipo de decisión que Chari hace para sí misma?
6. ¿Qué siente Chari por Mike? ¿Qué tipo de cosas siente físicamente cuando sus amigas la molestan con él?

7. ¿Por qué demuestra horror en su cara Chari cuando se entera de los detalles de la fiesta? ¿Cómo piensa Lindy, la amiga de Chari, que ésta debe resolver el dilema? ¿Estás de acuerdo con Lindy? ¿Por qué sí o por qué no?

Sesión II: Asigne (pgs. 144-162)

1. ¿Qué pasó en el entrenamiento de sóftbol? ¿Por qué se fue Yvette antes de que terminara el partido? ¿Qué habrías hecho tú?
2. ¿Por qué temé Chari el no asistir a la fiesta más que decirle a Yvette que no la aceptaron en el equipo?
3. Chari sabe que debe decirle a Yvette por qué no la aceptaron en el equipo. ¿Qué le dice al final a Yvette? ¿Crees que es difícil dar malas noticias? ¿Por qué sí o por qué no?
4. ¿Por qué crees que las niñas cubanas no juegan deportes? ¿Qué aporte tiene esto para tu entendimiento de la cultura cubana?
5. En la página 156, Chari siente que las orejas le arden de vergüenza cuando Yvette no comprende que le entregó su regalo de cumpleaños temprano en un acto egoísta. ¿Por qué reflexiona Chari sobre el verdadero significado de su nombre? ¿Has sentido vergüenza de algo que hiciste? Si sí, ¿qué tipo de reflexiones hiciste de ti después? Si no, imagina cómo te sentirías y describe lo que probablemente reflexionarías.
6. ¿Al final qué decide hacer Chari? ¿Por qué crees que fue una decisión complicada para ella?
7. ¿Qué crees le pasará a la amistad entre Yvette y Chari? ¿Crees que Yvette se va a convertir en una de las chicas populares o que Chari pasará más tiempo con Yvette y menos con las chicas populares? Explica tu respuesta.

DESPUÉS DE LA LECTURA

Actividades para ver:

1. Ve la ilustración en la página 154. ¿Quién es quién? ¿Qué revela la ilustración sobre la amistad entre Chari e Yvette? (**Ver:** interpretación, extensión del significado del texto.) ¿Por qué crees que el ilustrador escogió ese dibujo como el único del relato? (**Ver:** interpretación, evaluación de la selección del ilustrador.)
2. Chari le da a Yvette una camiseta azul brillante. El diseño veraniego en el frente le recuerda a Chari de un soleado día de verano. Diseña tu propia ilustración de una camiseta azul brillante que le haga pensar al observador de un día de verano soleado. (**Ver:** representación, visuales que producen significados complementarios.)

Actividades para escribir/leer:

1. Haga que los estudiantes regresen al relato y que encuentren ejemplos que informen al lector sobre la cultura cubana y que escriban lo que encuentren. (**Lectura/Escritura:** cultura, determinar características específicas de la cultura.)
2. En la escuela de Chari hay un Programa de liderazgo. Describe a través de una tabla gráfica o en una corta narrativa lo que crees compone el Programa de liderazgo. Piensa en las características que lo califican a parte de las notas y el comportamiento sobresalientes así como el tipo de posibles privilegios que reciben los estudiantes. (**Escritura:** propósito, ideas generadora/de organización, narrativa.)
3. Imagina que Chari decide ir a la fiesta en la playa en vez de ir a la fiesta de Yvette. Haga que sus estudiantes escriban una carta a Yvette, como si fueran Chari, en primera persona, que describan por qué no pueden ir a la fiesta. (**Escritura:** propósitos, expresión, explicación, escritura de cartas, conexión.)

V. "Chicas americanas" (pgs. 162-213)

RESUMEN DEL RELATO: Tere odia cuando Brian y los otros chicos en su salón se ríen de su pronunciación en inglés. Sus dos amigas, Alicia y Mari, también son cubanas, pero su inglés es mejor. Apenas si tienen acento en español, así es que no las molestan. Se avecina el carnaval de la escuela y las tres deciden darse de voluntarias para trabajar en el puesto de la panadería. Pero como a Tere le da mucho miedo hablar en voz alta, no levanta la mano a tiempo y termina trabajando en el puesto de los pastelazos con otras dos chicas que no han sido amigables con ella.

Brian y los otros chicos pierden el control en el puesto de los pastelazos, y los demás estudiantes enloquecen. Después de que Mary Beth, Kelly y Tere son llamadas a la oficina de la directora, a Tere se le pide que se quede. Mary Beth asume que Tere señala a los chicos a quienes castigan. Los cinco chicos hacen una trampa en el lodo para Tere, sin embargo, Mary Beth es quien termina cayendo en la trampa. Tere comprende la humillación de Mary Beth y decide sacarla de la zanja. Una amistad y confianza se desarrolla cuando aprenden que no son tan diferentes.

Estrategias de comprensión

ANTES DE LA LECTURA

Pídale a los estudiantes que piensen en si a ellos se les ha molestado en la escuela por ser diferentes y haga que compartan sus experiencias con el resto de la clase. (**Escuchar/Hablar:** cultura, conexión con su experiencia/conocimiento/ideas de otros.)

En la pizarra, escriba la frase que el personaje principal, Tere, expresa en la página 205, "Es fácil molestar a alguien diferente". Pregúntele a sus estudiantes si están de acuerdo o no y que expliquen su respuesta por escrito. (**Escritura:** expresar, descubrir.)

Anime a los estudiantes a escribir un diario mientras lean, y que anoten ejemplos de cuando Tere siente que la molestan. (**Lectura:** comprensión, ajustar propósitos para la lectura) y (**Escritura:** propósitos, diarios.)

MIENTRAS LA LECTURA AVANZA

Asigne la historia "Chicas americanas" durante el cuadro de lectura en silencio para tres sesiones diferentes y/o incorpórela a la lectura asignada para hacer en casa. (**Lectura:** fluidez, lectura en silencio.) Haga que los estudiantes se refieran al glosario con regularidad cuando se encuentren con palabras alteradas en inglés. (**Lectura:** desarrollo del vocabulario.)

Haga sus propias preguntas o use las siguientes, las cuales fueron diseñadas para mejorar o valorar la comprensión de lectura mientras la historia avanza. (**Lectura:** comprensión.) Las preguntas pueden instar discusiones en clase entre todos o en pequeños grupos (**Escuchar/Hablar:** escuchar/hablar/apreciación.) y/o como tareas para hacer en casa. (**Escritura:** la escritura para una variedad de propósitos; expresar, descubrir, grabar, desarrollar, reflexionar sobre ideas y/o solucionar problemas.) Las preguntas de comprensión y discusión pueden incluir:

Sesión I: Asigne (pgs. 163-178)

1. Aunque Tere sabe las respuestas en su clase de geografía, ¿por qué teme que la llamen? ¿Te sentirías de la misma forma? ¿Por qué sí o por qué no?
2. ¿Cómo molesta el grupo de chicos liderados por Brian a Tere? ¿Qué hace su amiga Alicia para hacer que Tere se sienta mejor?

3. ¿Por qué Tere, Alicia y Mari piensan que trabajar en el puesto de la panadería será más divertido durante el carnaval de la escuela? ¿Cuáles puestos desean evitar? ¿Por qué?
4. ¿Por qué se inquieta Tere durante la clase de matemáticas? ¿Por qué es que Tere no se bien al saber las respuestas?
5. ¿Cuándo es que Tere y Alicia hablan en español? ¿Cómo responde Mary Beth cuando las escucha hablando en español? ¿De qué crees que Mary Beth se imagina que están hablando?
6. ¿Por qué el bañarse en el vestidor le molesta a todas? ¿Cuáles son las reglas sobre el bañarse en tu escuela?
7. ¿Qué has aprendido hasta ahora sobre el personaje de Mary Beth? Usa ejemplos específicos para apoyar tus observaciones.

Sesión II: Asigne (pgs. 178-196)

1. En la clase del señor Taber, él esperaba que sus estudiantes "salieran de sí mismos". ¿Qué quiere decir con esto? ¿Cómo se siente Tere sobre su expectativa?
2. ¿Por qué Tere no levanta la mano a tiempo para el puesto de la panadería? ¿Qué sucede como consecuencia?
3. ¿Qué tipo de persona es la mamá de Tere? ¿Cómo responde al ruego de Tere para que la deje quedarse en casa en vez de asistir al carnaval en la escuela?
4. ¿Qué apodo usa Mary Beth para llamar a Tere cuando ésta llega al puesto? ¿Cómo le responde Tere? ¿Cómo le habrías respondido tú?
5. ¿Por qué crees que a Mary Beth le gusta que le den pastelazos? ¿Crees que sería divertido que te dieran pastelazos? ¿Por qué sí o por qué no?
6. ¿Qué sucede en el puesto cuando los chicos se turnan para tirar pastelazos? ¿Qué hace Tere cuando los demás estudiantes enloquecen?
7. ¿Por qué todos menos las dos amigas de Tere asumen que ella señaló a los chicos que empezaron la pelea? ¿De hecho, qué termina diciéndole a la directora Ferro? ¿Qué le habrías dicho tú a la directora si fueras Tere?

Sesión III: Asigne (pgs. 196-213)

1. ¿Qué descubre Tere en el puente que está a punto de cruzar? ¿Por qué no se lo advierte a Mary Beth?
2. ¿Por qué es que Tere no se va cuando Mary Beth se cae en la zanja? ¿Qué revela esto sobre el carácter y la personalidad de Tere?
3. Mary Beth reconoce que Tere no es tan diferente de ella y de los otros. ¿Cómo llega Mary Beth a esa conclusión?

4. ¿Cómo se siente Mary Beth cuando Tere y sus amigas cubanas hablan en español a su alrededor? ¿Cuál es la explicación que Tere le da a Mary Beth?
5. ¿Por qué Mary Beth y Tere inicialmente no confían la una en la otra? ¿Por qué crees que la confianza es importante en una amistad?
6. ¿Cómo deciden ayudarse Tere y Mary Beth?
7. ¿Qué significa ser una "Chica americana"? ¿Por qué es apropiado el nombre "Las chicas americanas" para el equipo de baloncesto que Mary Beth y Tere quieren formar?

DESPUÉS DE LA LECTURA

Actividades para ver:

1. Vean la ilustración en la página 207. ¿Por qué crees que el ilustrador decidió incluir este dibujo como el único del libro? ¿Qué detalles en esta ilustración demuestran un cambio en el personaje de Mary Beth? (**Ver:** interpretación, extensión del significado del texto.)
2. Haz tu propio dibujo del puesto de los pastelazos antes, durante y después del caos. (**Ver:** producción, complementación del significado del texto.)

Actividades para escribir:

1. Imagina que estás en la clase del señor Taber y tienes que apuntarte para trabajar en un puesto en el carnaval de tu escuela. Selecciona uno de los puestos (Adivinar la fortuna, Panadería, Pastelazos, Tanque de carnaval, Anillos) o imagina tu propio puesto. Usa las reglas del señor Taber y escribe tu descripción de los talentos que te permitirían trabajar en el puesto específico. (**Escritura:** propósitos, como requisitos y/o descripciones.)
2. En la clase de geografía de Tere, los estudiantes aprendieron sobre Grecia. Haga que los estudiantes preparen una gráfica para organizar lo que ya saben sobre Grecia usando lo que leyeron en el relato y su propio conocimiento . (**Escritura:** tabla gráfica que organiza conocimiento previo.) Aliente a sus estudiantes a expandir su conocimiento sobre Grecia usando recursos en el Internet, en la biblioteca, en revistas o periódicos, etc. Con una pluma o lápiz con tinta de otro color, haga que agreguen lo nuevo que encontraron a la gráfica. Haga que citen sus recursos. (**Escritura:** preguntas/investigación/unión entre lo conocido y lo no conocido.)

Actividades para leer:

1. En la página 208, hay varios lugares que revelan la dificultad que Tere tiene para pronunciar el sonido "th" del inglés. Haga que los estudiantes lean la página con cuidado y que encuentren los ejemplos. (**Lectura:** cultura, características comunes.) Pida que los estudiantes hagan una lista de palabras y que analicen sus errores (por ejemplo, que digan en qué parte de la palabra tienen el sonido "th" y cuál letra se usa en vez del sonido "th".)
2. En un grupo grande pida que voluntarios relean en voz alta las páginas 199-201, la sección sobre la trampa en el puente que hicieron los chicos. Haga que los estudiantes describan las imágenes mentales que la descripción en estas páginas evoca. (**Lectura:** comprensión, descripción de imágenes mentales.)

Otras actividades de seguimiento/extensión

1. Anime a sus estudiantes a hacer su propia investigación sobre Cuba usando sitios en el Internet, recursos en la biblioteca, periódicos, revistas, invitados especiales, etc. (**Lectura:** preguntas, investigación.)
2. Haga que sus estudiantes utilicen lo que encuentran para hacer un proyecto comparando y contrastando similitudes y diferencias culturales entre Cuba y los Estados Unidos usando un bosquejo, una lista o un Diagrama Venn. (**Escritura:** investigación, resumen y organización del material encontrado.)
3. Pídale a los estudiantes que repasen los cinco relatos del libro (**Lectura:** fluidez, ajustar el ritmo de la lectura para un propósito específico.) y que encuentren ejemplos de idioma, comida y otras características que informan al lector sobre aspectos de la cultura cubana. (**Lectura:** cultura, características culturales a través de una lectura amplia.) Pida que sus estudiantes anoten los números específicos de las páginas donde se encuentran sus ejemplos (**Escritura:** propósitos, anotar.) y haga que categorisen el material en sub-encabezados específicos. (**Escritura:** organizar la información en maneras útiles.) Ejemplos de sub-encabezados o categorías pueden incluir: comidas, idioma, referencias geográficas, nombres de personajes, etc. (Es una actividad parecida a la Actividad #1 en Escritura/Lectura en "Opción múltiple", pero más extensa.)

GLOSSARY #1: Mi abuelita nunca fue joven

I. VOCABULARIO

Spanglish	Mezcla de español e inglés

II. POEMA

Pollito, *chicken*; Gallina, *hen*;
Lápiz, *pencil*; Pluma, *pen*;
Miel, *honey*; Oso, *bear*;
Manzana, *apple*; Pera, *pear*;
Zapato, *shoe*; Gorra, *hat*;
Perro, *dog*; Gato, *cat*;
Sol, *sun*; Paloma, *dove*;
Caballo, *horse*; Vaca, *cow*;
Esta rima ha terminado. Ahora, *now*.

GLOSSARY #2: Amigos del huracán

I. VOCABULARIO

Picadillo	Sopa cubana de frijoles con carne molida

GLOSSARY #3: Hágalo usted misma

I. VOCABULARIO

Cabaña Chickee	casa con techo de paja usada por la tribu nativo americana del Sur de Florida
Seminoles	Tribu nativo americana del Sur de Florida (ej. Everglades)

GLOSSARY #4: Opción múltiple

I. VOCABULARIO FRANCÉS CRIOLLO

Banane	plátano
Cherie	Cariño, Querido/a
Griot	Trozos de puerco frito
Manman	Madre, mamá
Merci	Gracias
Non?	¿No?
Papa	Padre, papá
Riz et Pois	Frijoles con arroz

Otras obras por Anilú Bernardo

Un día con mis tías / A Day with my Aunts
ISBN: 1-55885-374-X, $14.95
Para lectores de 3 a 7 años

Jumping Off to Freedom
ISBN 1-55885-088-0, $9.95
Para lectores de 11 y más

Loves Me, Loves Me Not
Tapa dura
ISBN 1-55885-258-1, $16.95
Rústica
ISBN 1-55885-259-X, $9.95
Para lectores de 11 y más

Conexiones con el Internet o la tecnología

Para hacer más estudios y/o investigaciones sobre Cuba y comparaciones culturales con los Estados Unidos, invite a su bibliotecario/a a que instruya a sus estudiantes en la investigación con el Internet. Pídales a los estudiantes que localicen un mínimo de cinco sitios en la red que traten sobre Cuba.

Lecturas adicionales/Otros libros

I. Una buena extensión para "Mi abuelita nunca fue joven":

Rothburg, Allyson. Grandparents are Special. Olga va al peinador de sus abuelos todos los días después de clases. En la escuela, ella y sus amigos de varios países están aprendiendo a hablar inglés. Un día Olga le pide a su abuela que le lea un libro. Se sorprende al descubrir que su abuela no sabe leer. Olga decide enseñarle a leer a su abuela. Aprenden juntas.

II. Una buena extensión para "Amigos del huracán":

Snicket, Lemony. The Wide Window. (214 pgs.) Catástrofes (incluyendo un huracán) y desgracias continúan afligiendo a los huérfanos de Baudelaire después de ser enviados a vivir con la temerosa tía Josephine quien ofrece muy poca protección contra la traición del conde Olaf.

III. Una buena extensión a temas sobre Multiculturalismo y el Ser diferente:

Mora, Pat. The Rainbow Tulip. (32 pgs. illus.) El ser la única niña mexicana en su salón hace que Stella o "Estelita" se sienta marginada —no le gusta sentirse diferente al resto de los niños. Mientras Stella avanza en el año escolar, es posible que descubra que ser diferente algo muy bueno.

Reconocimientos

Esta guía de estudio la preparó Helen Buchanan.